守望者
The Catcher

阅读　你的生活

〔美〕弗雷德里克·詹姆逊（Fredric Jameson）　著

王逢振　译

# 雷蒙德·钱德勒

RAYMOND
CHANDLER

THE
DETECTIONS
OF TOTALITY

Fredric Jameson

## 对总体性的探索

中国人民大学出版社

·北京·

# 前　　言

　　一般认为，侦探小说始于美国作家艾伦·坡，后来在英国得到发展，并在柯南·道尔的笔下达到巅峰，形成了侦探小说的传统模式，一直延续到 20 世纪。但是，20 世纪 30 年代，由于美国经济萧条，穷困和不幸导致暴力和犯罪增多，产生了一批新的富有时代思潮的作家。他们作品中的侦探并不拘泥于警察的正义，而是推崇道德信念和武力，一般都是勇于冒险的硬汉，因此这些作品被称为"硬汉派"侦探小说。在侦探推理小说的发展史上，"硬汉派"侦探小说可谓开启了一场颠覆传统模式的革命。其代表作家是美国的达希尔·哈梅特（Dashiell Hammett，1894—1961）和雷蒙德·钱德勒（1888—1959）。

雷蒙德·钱德勒 1888 年 7 月 23 日出生于美国芝加哥。7 岁时父母离异，他随母亲去往英国。钱德勒有志成为一名作家，但母亲和祖母坚持要他成为公务员。于是他进入海军部，但不久便离开了。他尝试成为自由撰稿人，然而失败了。1912 年，钱德勒返回美国，定居洛杉矶，他做过多种工作，后来进入戴比尼石油公司担任记账员，不久升任副总裁。

大萧条迫使钱德勒离开了商业，于是他又想到写作。他开始阅读其他侦探小说作家的作品，模仿自己喜欢的作家进行创作，其中对他影响最大的是达希尔·哈梅特。经过多次修改，他的第一篇侦探小说《勒索者别开枪》（*Blackmailers Don't Shoot*）投给了著名的廉价杂志《黑色面具》（*Black Mask*），并刊登在 1933 年 12 月号上。此后，他开始撰写短篇侦探小说。1933 年到 1939 年之间诞生了他大部分的短篇作品。1938 年，出版商请钱德勒撰写一部长篇小说，于是产生了 1939 年出版的《长眠不醒》（又译《大睡》）（*The Big Sleep*）。

《长眠不醒》出版后产生了巨大反响，不仅广为读者喜爱，销售数十万册，而且得到众多评论家的好评，被认为是一部"硬汉派"侦探小说的典范，由此奠定了他在小说界的地位。此后他先后出版了《再见，吾爱》（*Farewell，My Lovely*，1940）、《高窗》（*The High Window*，1942）、《湖底女人》（*The Lady in the Lake*，1942）、《小妹妹》（*The Little Sister*，1949）和《依依惜别》（又译《漫长的告别》）（*The Long Goodbye*，1953）等。1942 年到 1947 年，他的 4 部小说 6 次被好莱坞搬上银幕，影片和小说相互映衬，一时间钱德勒几乎成了美国家喻户晓的人物。由此他的侦探小说被纳入经典文学史册，收录到权威的"美国文库"，他的名字也成了"硬汉派"的代表。

由于钱德勒的独特成就及其影响，著名思想家和批评家詹姆逊出版了《雷蒙德·钱德勒：对总体性的探索》（*Raymond Chandler：The Detections of Totality*，2016）。在这本专论性的小册子里，詹姆逊从形式、时间及空间、艺术思想和社会内容等方面阐发钱德勒的作品，并以辩证的方式重构了作品的语境以及它们所投射的社会。

詹姆逊认为，钱德勒的早期经历对他的作品产生了重大影响，从而形成了他独特的个人风格。首先，大萧条之前，他作为石油产业主管在洛杉矶生活了大约 15 年，虽然大萧条迫使他离开了商业，但 15 年足以使他感受到这座城市氛围的独特之处，使他能够看到权力和权力的构成形式。其次，他是美国人，但从 8 岁开始一直在英国上学，接受英国公立学校的教育。他与美国英语的距离使他能够以自己的方式运用它。因此，詹姆逊指出："这种语言不可能仍是自然而然的；词语也不可能毫无疑义……那种天然的、不假思索的文学表达不可能出现；他会感到他的语言有一种物质性的强度和抵抗，甚至在说母语的人看来根本算不上什么词的俗话和俚语，或只是瞬间的即时交流，从他的嘴里说出来也带有异国情调。"① 因此，钱德勒作品的语言，反映了他的实际经历，在他的写作中，词

---

① Fredric Jameson, *The Detections of Totality*，London-New York：Verso，2016，p. 2.

语变成了他的客体。

两次世界大战之间，可以说是美国文学的一个伟大时期。按照詹姆逊的说法，它以地理的方式"探索并界定美国，把美国作为分离的区域主义之总和，作为一个扩充的统一体，作为有其外部范围的理想整体"①。詹姆逊认为，自从第二次世界大战以后，区域与区域之间的自然差别逐渐被标准化消除，每个区域的有机社会整体逐渐破碎，被个体家庭单位那种封闭的新型生活所取代。在这种新社会里，彼此关系的主要形象是机械地并置：在住房计划里，统一的预制房屋遍布山上；在四车道的高速公路上，汽车一辆接一辆，交通直升机从空中抽象地监视。因此，对于当代美国文学，应该根据这种没有情感的社会物质背景来理解。在这种背景里，只有特技镜头能够产生生活的幻觉。

正如詹姆逊所指出的，钱德勒的整个背景，他的思维方式和看待事物的方式，都产生于两次世界大战之间。但是，由于他居住在洛杉矶，其社会内容预示了 20 世纪 50 年代和 60 年代的现实。因为洛杉矶已经是整个美国的一种缩影和前景：一个新的无中心的城市，在这个城市里，不同阶级不再相互联系，孤立地处于隔离的地理空间。根据这种地理变化，詹姆逊认为，为了理解整个社会结构，必须虚构一个强加给整个社会的人物，而他的日常生活模式能够把社会分散和孤立的各个部分联系在一起。在钱德勒的作品里，这个人物就是私家侦探马洛。

---

① Fredric Jameson, *The Detections of Totality*, London-New York：Verso，2016，p. 6.

　　詹姆逊指出，马洛接触的是美国生活的另一面：庞大的庄园，以及成群的用人、司机和秘书；在庄园周围，各种机构追逐财富并保持它们的秘密；私人夜总会隐蔽在山间私人道路深处，由私人警察巡逻，只允许会员进入；庄园里面的诊所可以提供毒品；私人宗教仪式；奢华的旅馆配备保安人员；私人赌博的大船停泊在三英里界外；再远一些，腐败的地方警察以单独一人或一个家族的名义统治着城市，保护为满足金钱及其需要而进行的各种非法活动。

　　作为一个非自愿的社会探索者，马洛访问那些一般人们看不到的地方，或者不能去的地方——不公开的地方，或富裕保密的地方。不论哪种地方，它们都显得有些陌生，就像钱德勒所描写的警察局的特征："一个纽约的警察记者曾经写道，你跨过警察局的绿灯走进去，你明显觉得离开了这个世界，进入一个超越法律的地方。"①

　　因此，詹姆逊指出，钱德勒著作中的行动发生在微观世界里，发生在黑暗的地方社会当中，没有联邦宪法的保护，也没有什么上帝。侦探的诚实可以理解为一种感知器官，一旦受到刺激，它便会敏感地显示出周围世界的性质。侦探的行程是插曲式的，表明美国社会是碎片化的，反映出美国人民彼此之间的原始分离，若要把他们的生活整合在一起，必须有某种外在的力量（此处就是侦探）。

　　詹姆逊不仅对钱德勒的作品从空间结构方面进行审视，还从时间方面进行分析。其中最明显的是指出钱德勒作品的部分魅力在于

---

　　① The Lady in the Lake, *The Raymond Chandler Omnibus*, New York: Modern Library, 1975, XXⅢ, p. 418.

它的怀旧情绪。怀旧情绪并非各个时期的一种连续存在，然而如果怀旧情绪出现，它一般都具有依恋过去某个时刻的特点，而那个时刻与当前时刻完全不同，可以使人感到从当前时刻的一种全面解脱，例如，通过回忆从历史或旅行中见到的田园式的、有等级组织的社会实例，浪漫主义作品抵制工业社会的发展，等等。一个特定时期的风格首先在它的物品中呈现出来，例如双襟西装、新式长裙、蓬松发型以及汽车款式等。

詹姆逊指出，在钱德勒的风格里，最典型的特征是明显具有时代性，例如夸大的比较，其作用就是把物体分开，同时又表明它们的价值："她穿着雪白的睡衣，边上镶着白色的毛皮，剪裁得非常飘逸，宛如夏日某个孤立小岛的海滨泛起的浪花。"（*The Big Sleep*，XXXⅡ，134）[1] "即使在中央大道这个并非世界最平静的街道上，他看上去也像落在一片白面包上的狼蛛那样引人注目。"（*Farewell，My Lovely*，Ⅰ，143）[2]

在叙事方面，詹姆逊指出钱德勒的小说有两种形式："一种是客观的，另一种是主观的，即一方面是侦探故事严格的外部结构；另一方面是更具个人特点的事件节奏，与任何原创性的作家一样，按照某种理想的逻辑细节进行安排，其显微手术似的方式里带有非常清晰的个人特征，例如充满反复出现的幽灵幻象，令人难忘的人物类型，包括已经忘却的心理剧的演员，通过他们，社会仍然可以

---

① Fredric Jameson, *The Detections of Totality*, London-New York: Verso, 2016, p.21.

② Ibid.

得到解释。然而，这两种形式彼此并不冲突；相反，通过揭示第一种形式的内在矛盾，第二种形式似乎从第一种产生出来。"①

　　通过对叙事的分析，詹姆逊进而论及钱德勒作品中所体现的总体性。他指出，在钱德勒的一些小说里，人物投射出一种卢卡奇式的"总体效果"——尽管不一定触及所有的社会学基础。侦探小说作为一个文类，其原始素材的外延方面——城市与历史的关系，监控社会的出现以及监控作用在市场体制中的彻底改变，公共警察与私人警察之间的关系，等等——提供了一种非常不同的探讨方式。这种方式不同于分析"原始场景"主题的方式。人们通过前后视角的区分，可以重新把主题纳入社会学的视角。

　　总之，詹姆逊的《雷蒙德·钱德勒：对总体性的探索》内容十分丰富：既有宏观理论阐发，又有具体文本分析；既有形式和叙事美学的阐发，又有社会总体性的探索；既有空间和时间的维度，又有历史和意识形态与文学的联系。同时，在这本小册子里，詹姆逊一如既往，以历史化和辩证法统领全局，体现了一个马克思主义思想家的情怀。

王逢振

2018 年仲夏

---

① Fredric Jameson，Ramond Chandler：*The Detections of Totality*，London-New York：Verso，p. 22.

# 目　录

# 第一章 骗局游戏

一

很久以前，我为通俗刊物写作时，在一个故事里写了这样一句："他走出汽车，穿过洒满阳光的人行道，径直来到门口的遮阳篷下，荫凉像冷水似地落在他的脸上。"刊物出版时，他们删掉了这句。理由是读者不喜欢这类东西———只保留了动作部分。于是我开始证明为什么他们错了。我的理论是，读者只是**认为**他们不喜欢动作之外的东西；其实他们不知道，他们喜欢的东西，我也关心的东西，恰恰是通过对话和描写引发的情感。①

———————————

① Raymond Chandler, "Letter to Frederick Lewis Allen", May 7, 1948, in *Raymond Chandler Speaking*, D. Gardiner and K. S. Walker eds., Berkeley and Los Angeles: University of California Press, 1962, p. 219.

对雷蒙德·钱德勒而言，侦探小说不只是商业产品，也不仅仅为大众提供消遣，它再现了更多的东西。钱德勒很晚才开始写侦探小说，他曾有长期成功的商业经历，由此可以判断他对侦探小说的看法。1939 年，他出版了第一部也是最佳的侦探小说《长眠不醒》，当时他已经 50 岁，对这种小说形式学习了差不多十年。那段时间，他写的短篇故事大部分都是长篇小说的速写，有些插曲后来一字不差地作为长篇中的章节。他模仿并重写其他侦探小说作家的典范作品，尽力改进自己的写作技巧。在他那个年纪，大部分作家已经确立了自己的地位，但他仍然认真自觉地进行学习。

钱德勒早期经历的两个方面似乎可以说明他作品的个人风格。第一，大萧条之前，他作为石油产业主管在洛杉矶生活了大约 15 年，大萧条迫使他离开了商业，但 15 年足以使他感受到这座城市氛围的独特之处，使他能够看到权力和权力的构成形式。第二，他是美国人，但从 8 岁开始一直在英国上学，接受英国公立学校的教育。

钱德勒认为他基本上是个具有个人风格的作家，他与美国英语的距离使他能够以自己的方式运用语言。就此而言，他的境况有些像纳博科夫（Nabokov）：采用非母语的作家必然具有个人风格，此乃环境使然。对他而言，这种语言不可能仍是自然而然的；词语也不可能毫无疑义。因此，那种天然的、不假思索的文学表达不可能出现；他会感到他的语言有一种物质性的强度和抵抗；甚至在说母语的人看来根本算不上什么词的俗话和俚语，或只是瞬间的即时交流，从他的嘴里说出也带有异国情调，且被放在引号里使用，就像你刻意要说明某些有意思的实例。他的句子常常是异质材料的拼贴，奇怪的语言片段、修辞方式、俗话俚语、地名和方言，所有这一切都被煞费苦心地拼贴在一起，构成一种连续性话语的错觉。就此而言，钱德勒借用语言的实际经历，也是现代作家普遍的境遇，即词语变成了他的客体。侦探小说没有意识形态内容，没有任何明显的政治、社会或哲学观点，因此允许它进行这种纯文体风格的实验。

但是，侦探小说也有其他一些优势。在后期现代小说里，一些为艺术而艺术的作家，例如纳博科夫和罗伯-格里耶（Robbe-Grillet），几乎总是围绕着谋杀组织他们的作品。纳博科夫的《洛丽塔》（Lolita）和《微暗的火》（Pale Fire），罗伯-格里耶的《窥视者》（Le Voyeur）和《幽会的房子》（La Maison de Rendezvous），均是如此。这种情况绝非偶然。这些作家以及他们的同代艺术家代表着现代主义和形式主义冲动的第二次浪潮，产生了 20 世纪最初 20 年那种伟大的现代主义。① 但在早期的作品里，现代主义是对叙述和情节的一种反映：其空洞的、装饰性的谋杀事件被作为一种方法，用于把基本无情节的素材构成一种运动的错觉，构成揭开谜团的那种错综复杂的、令人感到满足的形式。然而这些作品的真正内

① 人们如今不怎么参考这些作品，这种文本——我们可以称作立体而非概要的——是对钱德勒经过几十年发展的多种视角的综合。早期的版本见于：The Southern Review（"On Raymond Chandler"，Vol. 6，1970），Littérature（"L'éclatement du récit et la clôture californienne"，Vol. 49，♯1，1983）和 Shades of Noir，Joan Copjec ed.，"The Synoptic Chandler"，Verso，1993。本书另一个有些不同的版本出现于法国，由 Nicolas Vieillescazes 翻译（Les Prairies Ordinaires，2014）。

容几乎是风景式的：在《洛丽塔》里，它是汽车旅馆和大学城的美国风光，在《窥视者》里它是海岛，在《橡皮》（*Les Gommes*）或《在迷宫里》（*Dans Le Labyrinthe*），它是单调乏味的外省城市。

在钱德勒看来，可以用大致相同的方式把这种情况视为美国生活的绘画：不是展现美国文学经典提供的那种宏伟的美国经验，而是背景和地点的片段画面，片段感受，而这种感受因某种形式的矛盾难以被严肃文学触及。

不妨以某种根本不重要的日常经验为例，譬如两个人在一个公寓的大厅里偶然相遇。我发现我的邻居在打开他的信箱，我以前从未见过他，我们互相看了对方一眼，他转过身去，使劲取出信箱里的大本杂志。这样一个瞬间在其片段性里表达了关于美国生活深刻的真实性，因为瞬间看见了污迹斑斑的地毯，满是沙尘的痰桶，关闭不严的玻璃门，所有这些都在证明那是舒适的私人生活中破旧的而又私密的相遇之地。所谓私人生活，指的是人们生活在同一个公寓里，却是相互封闭的单体（monads）。人们只在沉闷的等候室和公共汽车站相遇，在集体生活中彼此忽略的地方相遇，而那种地方充斥着中产阶级生活的特殊隔间。在我看来，这种观察，其本身构成依赖于偶然和无名，依赖于模糊的瞬间一瞥，例如透过汽车的窗户往外看，其时思想可能集中于其他更重要的事情，因此这种观察的本质就成了非本质的。由于这一原因，它避开了伟大的文学记录仪：构成了乔伊斯式的顿悟，读者必须把这种瞬间作为他的世界的中心，仿佛某种事物直接融入了象征的意义；此刻，观察中最脆弱和珍贵的品质不可避免地遭到破坏，它不再没有意义，不再模糊不清，不再无关紧要——它的无意义被任意地转变成了意义。

　　然而，如果把这种经验置于侦探小说的框架之内，一切都会发生变化。我发现，我看见的那个人并不住在这座公寓里，实际上他在打开的不是自己的信箱，而是一个被谋杀的女人的信箱；此时我的注意力转回到被忽略的地方，发现它有了一种新的、更高的形式，其构成没有受到任何破坏。确实，生活中好像有某些时刻，只有在一定程度上失去理性聚焦时才能发觉：它们像我视野边缘的物体，当我凝视它们时便消失了。普鲁斯特对此特别敏感，他的整个美学观都假定自发性和自觉性之间的某种截然对立。对普鲁斯特而言，我们只能肯定我们经历过，我们看到过，也就是遵循经验本身的事实；在他看来，如果想刻意地直接面对当下的经验，那注定要失败。对于这种孤立的观察，最佳侦探小说里独特的时间结构也是一种前提，一种更具组织性的框架。

　　正是根据这一点，英美侦探小说明显不同的氛围才可以理解。格特鲁德·斯坦因（Gertrude Stein）在其《美国讲演集》里认为，英国文学的基本特征是无休止地描写"日常生活"，描写生活习惯和连续性，在这种描写里，天天计算和衡量财富，其基本结构是循环和重复。另外，美国生活和美国内容都没有定型，总是被反复创造，在人迹罕至的荒野里，经验本身的概念不断被质疑和改变，其中时间是一种不确定的连续，一些明确的、突发的、不可改变的瞬间自身会凸显出来。因此，在平静的英国乡村，或者在烟雾笼罩的伦敦俱乐部，谋杀会被认为是对持续和平的破坏；而美国大城市中黑社会的暴力，其本身被认为是一种神秘的命运，一种隐蔽在迅速获取财富表面下的报应，无政府主义的城市发展，以及并非永恒的个人生活。然而，不论哪种情形，明显处于故事核心的暴力时刻必定是一种转化：在英国平静的乡村，谋杀的真正作用是让人强烈感到需要秩序；而在美国侦探小说里，暴力的主要效果是对它进行回溯式的体验，纯粹在思想里体验，没有任何危险，仿佛是一种沉思的景象，它不是提供生活中实际经历的那种幻觉，而是提供与人们相关的那种古老经验源泉的幻觉，因为那种经验一向受到美国人的崇拜。

二

我们以清澈天真的眼睛看着对方，仿佛是两个二手车的推销商。（HW，IX，361）①

欧洲文学是形而上学的或形式主义的，因为它把社会或国家的本质视为想当然的东西，并超越这种本质进行运作。美国文学似乎从未摆脱对其出发点的界定：任何关于美国的描绘必定包含在问题当中，包含在关于美国现实本质的预设当中。欧洲文学可以选择它的主题和视角的广度；美国文学觉得包含一切乃是它的责任，因为它认为排除也是界定过程的组成部分，未说出的东西与说出来的东

---

① 钱德勒最早的四部小说收入 *The Raymond Chandler Omnibus*（New York：Modern Library，1975），这里引用小说时标注的页码简化为：BS—*The Big Sleep*（1939）；FML—*Farewell, My Lovely*（1942）；HW—*The High Window*（1942）；LL—*The Lady in the Lake*（1943）。为方便起见，还增加了章节的标码。

西同样具有说明作用。

　　美国文学最后一个伟大时期大致是两次世界大战之间，它以地理方式探索并界定美国，把美国作为分离的区域主义之总和，作为一个扩充的统一体，作为有其外部范围的理想整体。但自从第二次世界大战以后，区域与区域之间的自然差别逐渐被标准化消除，每个区域的有机社会整体逐渐破碎，由个体家庭单位那种封闭的新型生活取而代之，城市分割，运输和媒体非人化，从一个单体导向另一个单体。在这种新社会里，交流通过抽象的互联网增加，而后又下降。分离的单位总觉得事物的中心、生活的中心、控制的中心在别的地方，在直接感受的经验之外。在这种新社会里，彼此关系的主要形象是机械地并置：在住房计划里，统一的预制房屋遍布山上；在四车道的高速公路上，汽车一辆接一辆，交通直升机从空中抽象地监视。如果说当前美国文学中存在危机，那就应该根据这种没有情感的社会物质背景来理解。在这种背景里，只有特技镜头能够产生生活的幻觉。

　　钱德勒处于这两种文学传统之间。他的整个背景，他的思维方式和看待事物的方式，都产生于两次世界大战之间。但是，由于偶然居住的地方，他的社会内容预示了 20 世纪 50 年代和 60 年代的现实。因为洛杉矶已经是整个国家的一种缩影和前景：一个新的无中心的城市。在这个城市里，各个不同阶级不再相互联系，孤立地处于隔离的地理空间。如果说 19 世纪巴黎的公寓住房象征着社会连贯性和可理解性［在左拉的《家常事》（*Pot-Bouille*）里被戏剧化了］——底层是商店，二、三层是富人，再上层是小资产阶级，顶层是工人和仆人——那么 20 世纪五六十年代的洛杉矶则与之相反，整个城市平面铺开，社会结构的各种成分流散分离。

由于不再有可用于理解整个社会结构的特殊经验，所以必须虚构一个强加给整个社会的人物，而他的日常生活模式能够把社会分散孤立的各个部分联系在一起。与之相当的是流浪汉小说，在这种小说里，一个独特的人物从一个背景转移到另一个背景，把一些"生动"但并无内在关联的插曲联系在一起。如此一来，侦探在某种意义上再次实现了知识功能的需要，而不是实际经验：通过他，我们能够发现和了解整个社会，但他并不代表任何真正的社会经验。当然，文学侦探源于对职业警察的创造，但警察组织的设立并非因为想阻止普遍的犯罪，而是因为现代政府想了解并控制它们治理区域的不断变化的因素。欧洲大陆著名的侦探〔如勒考克（Lecoq）、麦格雷（Maigret）〕一般都是警察，但在政府对公民控制更宽松的英语国家，私家侦探——从福尔摩斯到钱德勒的菲利普·马洛——代替了政府的公职人员，直到战后才返回警察体制。

作为一个非自愿的社会探索者，马洛访问那些你看不到的地方，或者你不能去的地方，即不公开的地方，或富裕保密的地方。不论哪种地方，它们都显得有些陌生，就像钱德勒所描写的警察局的特征："一个纽约的警察记者曾经写道，你跨过警察局的绿灯走进去，你明显觉得离开了这个世界，进入一个超越法律的地方。"（LL，XXIII，418）一方面，美国一些地方像警察局的等候室，冷漠无情又乱七八糟：破旧的办公楼，电梯里放着一个痰盂，开电梯的人坐在旁边一个凳子上；办公室内部邋邋遢遢，特别是马洛自己的办公室，一天到晚处于昏暗状态，深夜，其他办公室一片黑暗，清晨的交通尚未开始，我们忘记了办公室的存在；警察局；旅馆，其房间和大厅放着那时流行的盆栽棕榈和加了软垫的安乐椅；公寓楼，经理们顺便做些非法交易。所有这些地方典型地属于我们社会大众、集体的一面：无个性的人们占有这些地方，他们不会在身后留下任何印记，简言之，他们是可以互换的、不真实的一面：

> 从公寓走出来几个妇女，她们应该年轻，但脸色像馊了的啤酒；男人把帽子拉低，在挡风点火柴窝着的手背后，机灵的眼睛看过大街；疲惫的知识分子因吸烟咳嗽，银行里没有任何存款；机警的警察脸色冷漠，眼睛盯着不动；卖饼干和可乐的商贩；人们看上去没有任何特殊的地方，他们知道这点；偶尔有一些男人真的是去工作。但他们出来很早，宽阔破裂的人行道上空荡荡的，仍然湿漉漉的。(HW，Ⅷ，358)

在欧洲艺术里，对这种社会物质（social material）的描写远比我们自己的更加普遍：在某种程度上，仿佛我们愿意知道关于自己的任何事情，包括最坏的秘密，只要不是这种无名的、无特点的普通事物。但这足以对欧美影片演员和参与者的面貌进行比较，从而注意到在美国影片中他们的面貌缺少全粒镜头（whole-grain len）的图像，缺少视觉再现与大街上人们特征之间的差别。造成更难察觉差别的无疑是我们对生活的看法，它受我们所了解的艺术影响，而我们所受的艺术训练使我们看不到普通人的面貌，而是把摄影的魅力赋予他们。

另一方面，马洛接触的美国生活是颠倒过来的上述情形：庞大的庄园，以及成群的用人、司机和秘书；在庄园周围，各种机构追逐财富并保持它们的秘密；私人夜总会隐蔽在山间私人道路深处，由私人警察巡逻，只允许会员进入；庄园里面的诊所可以提供毒品；私人宗教仪式；奢华的旅馆配备保安人员；私人赌博的大船停泊在三英里界外；再远一些，腐败的地方警察以单独一人或一个家族的名义统治着城市，保护为满足金钱及其需要而进行的各种非法活动。

但是，钱德勒描写的美国也有某种理性的内容，这就是关于美国抽象的理性幻觉中那种相反的、更黑暗的现实。联邦体制和陈旧的联邦宪法使美国人形成了一种关于自己国家政治现实的双重形象，一种双重的从不互相交叉的政治思想系统。一方面是独特的国家政治，其遥远的领导人被赋予超凡的领袖魅力，即一种依附于外交政策活动的虚假的优秀品质，而他们的经济规划通过适当的自由主义和保守主义意识形态，看上去像是实质性的；另一方面是地域政治，它的憎恨，它永远存在的腐败，它的交易，以及它对非戏剧性的、物质的问题持久的偏见，例如污水处理、分区规定、财产税，等等。州长处于两个世界中间，但市长若要成为参议员，则必须经历质的变化，从一种类型转变到另一种类型。其实，以宏观政治看到的这些品质只是幻觉，是微观世界真实品质的辩证对立的投射：每个人都确信地方上政治和政客非常肮脏，因此当一切事物都根据利益来看待时，贪婪的缺失就变成令人眩晕的特征。正如父亲的缺点，他自己的孩子常常视而不见，国家的政客（有很少偶然的例外）似乎也超然于自我利益之外，为他们的职业工作自动增添了声誉，把他们提升到一个完全不同的修辞层面。

在抽象思维层面上，预先规定的宪法永恒性阻碍把思想理论化，它代之以体制内部的实用主义，预测对抗力量的影响以及妥协的可能。一种敬畏依附于抽象，而觉醒的玩世不恭则依附于具体。正如在某些类型的精神痴迷和分裂里，美国人能够以习惯的眼光观察地方上的非正义、种族歧视、教育的种种缺陷，但他们仍然对国家整体的伟大性怀抱乐观主义。

钱德勒著作中的行动发生在微观世界里，发生在黑暗的地方社会当中，没有联邦宪法的保护，仿佛是一个没有上帝的世界。文学的冲击依赖于读者头脑里双重政治标准的习惯。只是因为我们习惯于认为国家在正义方面是一个整体，所以我们才记得那些人物的形象，他们像在外国似的完全陷入地方政府的控制。在联邦制的这一方面，地方权力机构不允许上诉；完全是赤裸裸的权力和金钱统治，没有用任何矫饰的理论进行掩饰。

就此而言，侦探的诚实可以理解为一种感知器官或皮肤，一旦受到刺激，它便会敏感地显示出周围世界的性质。因为，如果侦探不诚实，他的职业就被归结为技术问题，也就是如何实现雇主购买的任务。如果他诚实，他就能够感到事情的抵抗性，在行动上就会用理性的眼光观察他遇到的一切。钱德勒的感伤情绪偶尔出现在他早期著作中的诚实人物身上，但在《依依惜别》里可能表现得最强烈，它颠覆并完善了前面那种看法，或暂时摆脱，作为对绝望悲观的补偿。

侦探的行程是插曲式的，因为他经历的社会是碎片的、原子似的性质。在欧洲国家，人们不论多么孤独，他们也仍然以某种方式参与社会；他们的孤独本身就是社会性的；通过明确的阶级体系，或通过语言，他们的身份不可分割地与其他人联结在一起，也就是海德格尔所说的共同存在。

但是，钱德勒的作品形式反映出美国人民彼此之间的原始分离，假如把他们作为同一谜团描绘的组成部分整合在一起，则需要通过某种外在的力量（此处是侦探）来联结。这种分离也向外投射到空间当中：不论描绘的街道多么拥挤，各种各样孤独的人永远不会形成一种集体经验，他们之间总是存在着距离。每一个昏暗的办公室都与另一个分开；公寓里每一个房间也与另一个分开；每一所住宅都会远离马路。这就是为什么钱德勒著作最典型的主题都是这样一个人物，他站在这个世界向外观察，模糊地或聚精会神地审视另一个世界：

> 大街那边是举办丧事的一个意大利人之家，整洁、平静、沉默，刷白的砖墙，映照着人行道的暗红。皮特罗·帕勒莫葬礼接待厅。浅绿色的霓虹灯标示文字横在墙面上，显得高雅纯洁。一个身穿黑衣服的高个子男子从前门走出，靠在白墙上面。他显得很帅，褐色皮肤，铁灰色的头发从前额梳向后面，非常漂亮。他拿出一个看上去像是银或白金制的黑漆烟盒，懒洋洋地用两个长长的褐色手指把它打开，挑出一支金色过滤嘴的香烟。他收起烟盒，用一个与烟盒相配的便携式打火机点燃香烟。他收起打火机，交叉双臂，漫无目的地半睁着眼凝视。从静止的烟头上直直地升起一缕细细的烟雾，飘过他的脸部，

像是黎明时即将熄灭的营火冒起的那种袅袅细烟。　（HW，Ⅷ，358）

从心理学或讽喻方面看，门前台阶上的这个人代表怀疑，而怀疑无处不在，从帷幕背后观察，禁止入内，拒绝回答，针对探听者和入侵者保持个人隐私，等等。这里的典型怀疑是用人又回到前厅，停车处的男人听见一种嘈杂声，一个荒芜农场的看管人向外观看，公寓的经理又向楼上望了一眼，贴身卫士出现在门口。

因此，侦探与人们的联系主要是外部的；看见他们为了某种目的而待在自己家门口，其个性显得令人不快，犹豫、敌对、顽固，仿佛他们在回应各种问题并慢慢回答。但以另一种方式看，与这些人物相遇的表面现象有着艺术的动机，因为这些人物自身是他们那种言语的借口，而言语的专业性质则因为它是外在的，表示言语的类型是对陌生者说的程式化语言：

> 她的眼睛后陷，下巴也后倾。她使劲抽动鼻子。"你一直喝酒，"她冷漠地说。
>
> "我刚拔了一颗牙。牙医把它给了我。"
>
> "我没有拒绝。"
>
> "除了药用，它不是好东西，"我说。
>
> "我也不把它用作药物。"
>
> "你做得对，"我说，"他给她留下钱没有？她丈夫？"
>
> "我不会知道。"她的嘴像西梅那么大，也很光滑。
>
> 我失败了。（HW，Ⅺ，206-297）

这种对话在福克纳的早期作品里也很典型；但与海明威的明显

不同，在海明威的作品里，对话更具个人特点，也更流利，它们从内部生成，通过作者以某种方式重新展现，并以个人的方式重新体验。这里老生常谈和陈词滥调的言语模式，通过它们背后某种形式的呈现获得了强烈的生命，从而保护你与陌生人交往时产生的情感——一种外露的好斗性或敌意，或者对天真觉得可笑或进行嘲弄，帮助你显出无所谓的样子——交流总有细微的差别，态度中带有某种色彩。钱德勒早期作品里的对话非常优美，但每当偏离这种特殊对话而转向某种更密切和更想表达的事物时，对话便开始不那么顺畅；因为他的专长是不纯正的言语模式，带有外国色彩，是从他的素材本身那种内在有机逻辑中直接产生的。

不过，在 20 世纪二三十年代的艺术里，这种对话具有社会图示的价值。在这种对话之下，存在着一系列的社会类型和范畴，对话本身就是展现社会一致性和独特组织的方式，也是以小见大理解它的方式。任何看过 30 年代纽约电影的人，都知道各种语言特征如何被融合到整个城市画面之中：股票族和职业型的、出租车司机的、记者的、警察的、高档社会花花公子的、新潮女郎的，等等。无须说，这种电影的衰败正是源于分裂的城市画面，源于这样对现实的组织。但是，钱德勒的洛杉矶那时已经是一个结构散乱的城市，社会类型在附近任何地方都不如那里明显。由于偶然的历史机遇，钱德勒能够利用残存的纯语言类型的方式，按照正在消失的各种语言类型创作他的人物。在分散的社会结构使这种语言标志消失之前，这种做法是最后的坚持，但它使小说家面临缺少衡量标准的问题，即根据什么判断对话是现实主义的或栩栩如生的问题。

　　因此，在钱德勒的作品里，社会现实的呈现非常直接，但其语言也令人生疑。毫无疑问，可能存在他自己创造的语言风格，带有其自身的幽默和意象，以及其自身的特殊变化。不过，最突出的语言特征，关于俚语的运用，钱德勒自己的说法颇有启示：

　　　　我必须像学外语一样学习美国话。为了使用美国话，我不得不研究它、分析它。结果，当我用俚语、俗语、讽刺挖苦的粗话或任何非正统的语言时，我必须刻意而为之。俚语的文学运用本身是一种研究。我发现只有两种适用：一种是语言里已经存在的俚语，另一种是自己创造的俚语。其他一切都可能在印刷前被抛弃……①

　　钱德勒曾评论奥尼尔（Eugene O'Neill）在《送冰人来了》（*The Iceman Cometh*）里对"大睡"（the big sleep）表达的运用：我相信人们普遍认为这是一种黑话。倘若如此，我想知道它源自何处，因为我创造了这一表达。

　　但是，俚语显然是连续的，本质上是非个人的：它的存在客观上作为一种玩笑，人与人相传，总出现在别的地方，永远不会完全为使用者独有。就此而言，俚语的文学问题类似于具体风格与呈现社会之间的问题。任何表现形式都不可能完全呈现社会，不可能没有一个特殊的中心，在关于社会的客观和抽象的词汇知

---

　　① "Letter to Alex Barris"，March 18，1949，in *Raymond Chandler Speaking*，p. 80.

识与实际经历其组成部分的具体经验之间，它总是提供那种不可能的选择。

三

我们认为，钱德勒作品的部分魅力是它的怀旧情绪。它们属于我们曾称之为"夸张"的那类东西，包括亨弗莱·勃加特（Humphrey Bogart）的电影，某些连环画，硬汉派侦探故事，尤其是魔怪电影。这种怀旧情绪的主要表现形式是当代的流行艺术：它像是关于其他艺术的艺术，因为尽管它简单，它内部也包含两个层面：一个是简单化的外部表达，一个是内在的时代气息。时代气息是它的目的，唤起时代气息的方式是夸张的言语，报纸强调的重点，消逝的精英人士和想象的名人的面孔。但确切地说，它与关于艺术的艺术不同，它的内容更不是直接的经验，而是已经形成的文化和意识形态现象。

不过，怀旧的经验本身仍然有待于解释。怀旧情绪并非是各个时期的一种连续存在，然而如果怀旧情绪出现，它一般都具有依恋过去某个时刻的特点，那个时刻与当前时刻完全不同，可以使人感到从当前时刻的一种全面解脱。例如，通过回忆从历史或旅行中见到的田园式的、有等级组织的社会实例，浪漫主义作品抵制工业社会的发展。我们自己社会中某些有限的部分，仍然会感到这种怀旧情绪，例如怀念杰弗逊时期的美国，或者怀念拓荒时期的环境。另外他们也以具体的方式满足自己的怀旧情绪，例如到乡间旅行，那里的生活方式和习惯可能等同于历史发展中的某个前资本主义阶段。

但是促成流行艺术诞生的怀旧情绪，因其目标而紧靠我们时代前面的那个时期，然而如果从更大的历史角度看，那个时期显然并无什么区别：怀念的东西全都源自数年时间，常常简单地指 20 世纪 30 年代，实际上它从罗斯福新政时期开始，经过第二次世界大战一直延续到冷战开始。这一时期的标志是激烈的政治和意识形态运动，随着 60 年代的政治复兴，这些运动也成为令人赞赏和怀念的东西。不过它们本身是结果而非原因，远不是怀旧最重要的特征。

一个特定时期的风格首先在它的物品中呈现出来：双襟西装、新式长裙、蓬松发型以及汽车款式。但我们对这一特定时期的怀旧情绪与博物馆展示过去发展变化的东西明显不同，因为它展示的是物品本身而不考虑它们包含的生活方式。它考虑的是一般状况的社会，如我们自己这样的社会——工业主义、市场资本主义、大众生产，唯一不同的是更简单一些。它迷恋日期、年代、自己特定的一段时间，就像观看我们自己身穿过时服装的照片，为的是获得一种对变化及历史性的直觉。（毫无疑问，作为一种形式存在的电影，在很大程度上可以说明这种强烈的怀旧情绪：我们必须依靠自己的想象，否则我们不可能看到过去活生生地呈现在我们面前；此外，通过观看年轻演员，我们还可以感受过去，作为年老人物，我们已经熟悉他们，甚至观看电影时我们也会模糊地记起自己的过去。）

但这种历史性本身就是历史事物。它远不像日常的四季循环，而是像服装式样的变换。它是一种迅速的变化，与商品的生产和销售密切相关。

因为，冷战的开始也标志着战后大繁荣的开始，伴随繁荣而来的是广告急剧扩展，电视成为销售类似商品的一种更生动有效的竞争方式——这种方式与我们生活的联系更加密切，远胜于报纸和广播。

旧时的产品有某种稳定性，某种持久的同一性，这种特点仍然可以在这里或那里看到，例如在乡下的农场，那里仍然有一些零星的标志，不可分割地与一些产品联结在一起。在那里，商标仍然等同于商品本身：一辆汽车是一辆"福特"，一个打火机是一个"罗森"，一顶帽子是一顶"斯泰森"。在销售工业产品的这一早期阶段，商标要求一种稳定的、相对不变的同一性，以便于被公众辨认和接受，而这种相对初级和简单化的广告，只是使公众想起某种熟悉东西的一种方式。诚然，广告倾向于与商标本身的形象相结合，但正因为如此，这一时期广告也很少变化，自身具有某种稳定性。因此，旧时的产品仍然与自然物的景象相对地融为一体；它们仍然实现容易辨识的需要，满足仍然觉得相对"自然"的愿望；它们处于自然（土地、气候、食品）和人类现实中间的位置，对应于一个其主要活动仍是战胜自然和克服事物阻抗的世界，在这个世界里，人类需要和欲望的产生乃是那种斗争的一种作用。

但是，随着战后的繁荣，人们日益重视产品的快速更新换代，而不是它们的稳定性和同一性。例如在汽车、香烟、肥皂等市场销售的商品，这种疯狂的增扩和变化非常明显。造成这种情况的原因不能归结为科学技术的发展（例如发明了香烟过滤嘴、汽车变速器或长时间播放的录音机等）。相反，这些发明大部分以前都可以使用；只有当时尚不断变化成为人们的欲求时，它们才备受关注。在我们的购物环境里，这种大规模改变的原因似乎是双重的：首先，各种生产性公司的财富日益增加也日益多样化，它们再也不必单独依靠一个商标，现在可以随便创立或放弃一些商标。其次，广告宣传越来越具有自主性，能够使大量陌生的新产品迅速传播——随时展示，其中旧时缓慢的熟悉感通过连续不断的刺激人为地再现出来。

这些广告宣传所创造的不是一种物体，不是一种新型的、实在的东西，而是一种虚假的需要或欲望，一种精神或意识形态的象征，通过这种象征，消费者购物的渴望与某种特定类型的包装和标牌联系在一起。显然，在大部分基本需要已经得到满足的情境里，为了能够继续销售产品，发展更新、更专门化的方式非常必要。但这种变化也有其心理学维度，它对应于从生产经济转向服务经济。人们越来越少介入作为工具的东西，也越来越少介入自然的原材料；人们越来越多地介入半观念性的东西，他们忙于销售和消费，但从不理解他们销售和消费的东西是纯物质性的，或者是对物质加工的产品。在这样一个世界里，物质需要升华为更具象征性的满足；最初的欲望不是解决物质问题，而是产品的风格和象征的含义。

这样一个世界的生活问题，在性质上完全不同于它之前那些相对简单的需要和物理抗性问题。它们包含一种斗争，不是针对事物和相对稳固的权力体系，而是针对意识形态的幻想、碎片式的精神问题、各种梦一般的幻景和渴望的诱惑。生活成为第二权力，不是提升和强化，而只是改进和混合，在现实事物中找不到立足点。

对于试图记录这样一个世界的艺术家来说，显然会遇到非常困难的问题。它充满了完全精神化的问题，用传统术语说就是"心理学"问题，这些问题与客观社会现实没有任何直接的、看得见的关系。在它们的上限，即单独呈现它们时，这些问题迷失于极其微妙和无聊的内省之中；而对客观现实本身的呈现，现代读者则觉得它们已经过时，与他们的实际生活经验毫不相干。

但是，这种情境最明显和最直接的结果是对风格的影响。在巴尔扎克时代，生产出来的产品带有某种直接的、内在的、小说家感兴趣的东西，但并非因为它们像家具一样记载着其拥有者的趣味和个性。在工业资本主义的这种最初阶段，它们正在被发明出来，具有明显的时代性，有些作品叙述它们发展和运用的故事，有些作品让它们围绕着人物或在人物背后保持沉默，力求表明那时正在被创造的世界的本质，证明人类能力已经能够达到的程度。不过，在产品稳定的时期（钱德勒的作品属于这个时期），再不会感受到体现在产品中的创造性能量：产品就在那里，处于持久的工业背景当中，本身已经变得像是自然的东西。此时作者的任务就是为这些产品开列清单，通过他的完整目录，表明他多么全面地了解这个由机器和机器产品构成的世界，而正是在这种意义上，钱德勒对家具、妇女服装式样的描写才发生作用：作为命名的作用，作为专门技能标志的作用，以及作为专门知识的作用。在这种语言类型范围内，其作用便是标牌本身:"我从他旁边走过去,进入一个微暗而令人愉快的房间,地上铺着看上去价格昂贵的杏黄色中国地毯,有两把带扶手的椅子,几个带小桶状灯罩的电灯,墙角是一个大的凯普哈特式的落地灯。"(LL,Ⅲ,481)"我从书桌抽屉的深处里拿出半瓶'老泰勒'牌的威士忌。"(HW,Ⅻ,372)"他的甜丝丝的法蒂玛牌雪茄污染了空气。"(HW,ⅩⅩⅩⅤ,462)(当然,海明威是这种使用标牌风格的首席代表,但在整个 30 年代的文学作品里这种风格非常流行。)

到了都是典型美国标牌的时期,或纳博科夫的《洛丽塔》时期,人们对物品的态度发生了巨大变化。确切地说,为了使自己的描写具有代表性,纳博科夫对使用产品的真正标牌非常犹豫:从审美方面看,这种语言与一般的叙述语言性质不同,不能简单地纳入叙述,它是一种更普遍的认识的组成部分,即物质产品早就不再是永恒的东西。就像哲学、数学和物理学的"实质"一样,它们早已失去了本质性,变成了一种过程的轨迹,或社会控制和人类原材料交汇的地方。纳博科夫确实偶尔也使用标牌名称,但它们是模仿真实名称而虚构的,因此他的使用只是一种方式,不是指具体产品,而是呈现命名的过程。不过,总体来看,他从外部描写了美国风景中杂乱的商业产品,把它们作为一种纯粹的现象,没有指涉任何功能性,因为在 50 年代新的美国文化里,功能性对于满足需要和欲求的实际应用已经不再那么重要,也不再有什么兴趣。

著名的流行艺术品《布里洛的盒子》呈现出另一种不同的对待物品的态度:试图抓住它们,但不是物质的它们,而是它们在历史现实中的时间，把它们作为过去某个时期的风格。这是一种对过去的迷恋，想回到过去某个时期，在那个时期，产品之间仍然存在差距，制造的东西仍然牢固。《布里洛的盒子》是一种使我们观察独特商业产品的方式，希望我们对周围一切的看法都会改变，我们新的观察还会融入深刻性和牢固性，融入记忆中的客体和产品的意义，融入以前那种需要性的物质基础和维度。

连环漫画对文化界做同样的事情，它像电波似的挤满了故事的碎片、想象的人物、廉价制作的各种幻想，甚至报纸和历史事实也被纳入娱乐行业的产品。现在，所有这些流动的人物和形态突然都被简单化了，打上了夸张的印记，吹破了天，像孩子们的白日梦似的。转移到绘画这种固定客体其实模仿了孩子对连环漫画书本身的物质消费，一般孩子都把书当作物品来使用。这种早期阶段的怀旧情绪对物质的形态和内容都表现得非常强烈。例如亨弗莱・勃加特，他显然代表那种知道如何应对二三十年代危险的无政府状态的英雄。他明显不同于他那个时代的其他明星，因为他能够表演恐惧，而他的恐惧表演是感知器官以及对周围黑暗世界的探索。作为一个形象，他与马洛相关（实际上，在电影《长眠不醒》里，他与马洛相似），也与同一阶段早期海明威那种英雄的后代相关，在这种英雄身上，纯粹的技术知识更加突出。

另外，他的复兴也表现在形式方面，不论我们是否自觉地意识到这点。因为在我们承认亨弗莱・勃加特作为文化英雄时，其中也包含着对 90 分钟小型黑白电影的遗憾，在这种电影里，他以传统的方式出现；此外，在媒体历史上的那个时期，作品以小的、固定的形式制作，或采取一系列小作品的形式，而不是孤立的、庞大的、昂贵的制作形式。（电影产业的这种发展与严肃文学的变化相似，后者从 19 世纪的固定形式转向 20 世纪个人创造的、具有风格意识的个体形式。）

因此，对我们周围世界产品的观察先于我们对事物本身的观察，并由此形成我们的观察。我们先是使用某些物品，只有那时我们才逐渐学会与它们拉开距离，不偏不倚地审视它们，而正是以这种方式，我们周围的商业性质才影响文学形象的产生，使这些形象带有某个时期的特征。在钱德勒的风格里，最典型的特征是明显具有时代性，例如夸张的比较，其作用就是把物体分开，同时又表明它的价值："她穿着雪白的睡衣，边上镶着白色的毛皮，剪裁得非常飘逸，宛如夏日某个孤立小岛的海滨泛起的浪花。"（BS，XXXII，134）"即使在中央大道这个并非世界最平静的街道上，他看上去也像落在一片白面包上的狼蛛那样引人注目。"（FML，Ⅰ，143）"有一张书桌和一个留着那种长髭的夜班职员。"（LL，XXXV，604）"这里是雾带的终点，半荒漠地区的开始。早晨，太阳明亮干燥，像是熟透了的李子；中午，热得像爆开的火炉；夜幕降临，像愤怒的砖块似的落下。"（LL，XXXVI，609）

正如在硬汉影片中那样，叙述者的声音在与事物的对应中发生作用，通过叙述者对事物的反应，通过其对照赋予事物的诗意，主观地提升了它们，然后通过冷面幽默否认刚刚所保持的东西，又使它们回到丑恶、无聊的现实。但电影已经呈现出视觉和声音的分裂结构，随时使它们相互作用，而文学作品必须依靠其素材本身更深刻的分裂方能发生作用。这样一种情形是可能的，因为它只是针对物品可辨识的一致性的背景，异国情调的对比可以用作一种停顿，暂时把它们其中一个标识出来，使它在小说内容的两个区域中突出为典型的一个，而如果突出两个区域则太难，也显得太乱。这样，一方面它避免平淡的、自然主义的那种单调乏味；另一方面通过叙述语调延伸形成微妙对比，它富于诗意，但不真实。不过，因为它基本上是说话叙述，所以它仿佛是以前的歌曲或滑稽演员的记录，表明了在一个从远处看与我们自己世界非常相似的世界上日常生活是什么样子。

# 四

　　我的看法是，读者**觉得**他们只关心打斗；实际上，尽管他们不知道，但他们关心的东西，也是我关心的东西，是通过对话和描述创造的情感。例如，他们记住的东西，萦绕于他们脑际的东西，并非是一个男人被杀，而是在他临死的时刻，他努力从光滑的书桌上面拿一个曲别针，曲别针总是滑脱，拿不起来，因此他面部表情紧张，半张着嘴，痛苦地龇着牙，世界上他最后想到的事才是死亡。他甚至没有听见死亡在敲门。该死的小小曲别针总是从他的手指间滑脱。[①]

① "Letter to Frederick Lewis Allen", May 7, 1984, in *Raymond Chandler Speaking*, p. 219.

雷蒙德·钱德勒的小说有两种形式而不是一种,一种是客观的,另一种是主观的,即一方面是侦探故事严格的外部结构,另一方面是更具个人特点的事件节奏,与任何原创性的作家一样,按照某种理想的逻辑细节进行安排,其显微手术似的方式里带有非常清晰的个人特征,例如充满反复出现的幽灵幻象,令人难忘的人物类型,包括已经忘却的心理剧的演员,通过他们,社会仍然可以得到解释。然而,这两种形式彼此并不冲突;相反,通过第一种形式的内在矛盾,第二种形式似乎从第一种产生出来。确实,就钱德勒的作品而言,它显然是一种程式的结果:

> 对这位特殊的作家来说,似乎唯一合理的、诚实有效且仍然欺骗读者的方式,就是让读者运用他对错误问题的思考,好像是让他揭示一个秘密(因为他几乎确信能够解决),而这秘密却让他误入歧途,因为它与核心问题毫不相干。[1]

因为侦探小说不仅是一种纯理智地了解事件的方式,而且还是运用分析和推理能力的智力游戏,钱德勒在这里只是概括了一种超越读者的技巧。与只能使用一次的创新不同(最著名的当然是阿加莎·克里斯蒂在其《罗杰·艾克罗伊德谋杀案》里的创新,正如众所周知的,故事里的凶手竟是叙述者自己),钱德勒在这里发明了一种情节构成的原则。

诚然,正是这种情节结构出现在他所有的作品当中,坚持固定

---

[1] "Casual Notes on the Mystery Novel" (1949), In *Raymond Chandler Speaking*, p. 69.

的理智目的，才说明了它们作为形式的相似性。然而，作品的这两个方面并不能通约，它们包含不同的维度，但这些维度不会随着作品的进展而交叉：理智的目的完全是时间性的，如果它获得成功，如果读者认识到他被误导，了解到真正揭开谋杀的答案应该在别的地方寻找，那么理智的目的就会自行消失。另外，形式更具空间的特征，甚至在完成对作品的时间性阅读之后，我们也会觉得它的连续性以某种方式在我们面前展开，而前面曲折情节的误导（单纯的思想不觉得它是骗局，很快随着对谜团的猜测接受了误导）对形式想象仍然是整个过程不可分割的部分，也是经历骗局的感受不可分割的部分。因此，在钱德勒的作品里，我们面对稍微缺少缜密及和谐的矛盾，其原因是源头存在某种难以调和的更大实体，存在某种虚无性创造的存在，以及某种阴影由自身投射出的三维性。这仿佛是为纯实用目的设计的一个物体，或一个机器，结果突然发现它在不同层面具有意义，例如在审美层面；因为这种相当否定的技术方法，这种前面钱德勒自己说过的单纯智性迷局的量化程式，以一种偶然的辩证产生出肯定其形式的性质，包括形式不平衡的、偶尔发生的变化，以及与之相关的典型效果和情感。

最初的骗局出现在作品的整体层面，但它作为谋杀的秘密很快消失。事实上，钱德勒的小说首先描写搜索追查，其中包括谋杀，有时以被追查的人被谋杀结尾。这种形式变化的直接结果是，侦探不再处于纯思考的状态，不再是单纯地解谜和辨析一系列给定的因素。相反，他被迫离开那种氛围，进入自己的社会的空间，并必须不断地从一种社会现实转向另一种社会现实，尽力找出他的当事人行踪的线索。

　　一旦开始追查，可能出现预想不到的暴力后果。它仿佛是作品开始时的那种社会，想象中的钱德勒的南加州，处于一种令人不安的平衡，一种均衡的或大或小的制度腐败，而紧张地聆听的人们保持着高度沉默。侦探的出现打破了平衡，引起各种各样的怀疑，因为他越过了界线进行窥视，以一种尚不清楚的方式制造麻烦。结果是一系列的谋杀和搏斗：仿佛它们已经以潜在的方式存在，与它们相关的行为已经完成，颇像一些并置的化学物质，抽掉或增加某种元素便可完成无法阻止的反应。侦探的出现就是这种元素，他允许预先确定的原因突然完成它们的进程，把真相暴露在光天化日之下。

　　但是，正如在钱德勒对自己的情节建构说明中已经清晰表示的那样，这种流血的踪迹是一种虚假的气氛，旨在把读者的注意力引向错误的方向。这样转移并非不诚实，因为一路揭示的犯罪还是非常真实的；只是后者没有与作品直接相联系而已。因此出现了一种转移注意力情节的插曲：人物刻画采取明显夸大的方式，因为我们再不会看到他们。他们的整个本质必须以一种简短的会面揭示出来。然而这些会面发生在与作品主情节不同的现实层面。并不是我们头脑的理智功能忙于在一系列活动中衡量并选择他们（他们是否在某个方面与追查相关？），因为这些活动不一定表现在主情节的素材方面（委托人和他或她的住户，被追查者与他或她的社会关系）。真正的暴力和犯罪本身在这里以一种不同的方式来理解——因为它们偏离了主情节，变成了次要情节，所以我们了解它们的方式并不是现实主义（小说）的，而是传说的，像我们在报纸上或广播中偶尔看到或听到的那样。我们对它们的兴趣完全是传闻的，并已经与它们拉开了某种距离。因此，不论我们是否已经知道，次要情节中的人物对我们呈现出一种不同的维度，像是透过窗户的瞥视，商店后面传出的嘈杂声，未完成的故事，无关的活动，它们在周围社会和我们自己的社会里不断地同时发生。

因此，作品的高潮必然包含对其开始的回归，回到最初的情节和人物。显然，一定要找到被追查的人。但也许不太明显的是，犯罪的一方（因为谋杀或犯罪总是以某种方式卷入追查）竟然以这种或那种方式是一个家庭成员、委托人或他的随从人员。钱德勒的小说都是这种模式的变体，几乎可以像数学那样预见这些基本可能性的排列组合：失踪的人死了，委托人干的；或者失踪的人有罪，发现的尸体是别人的；或者委托人和她的伙伴都有罪，失踪的人根本没有失踪；如此等等。

在某种意义上，这种模式本身只不过是最不可能的一群人的规则的变体，因为没有什么道理，一个罪犯一开始就去找一个侦探，请他解决事实上是他或她的谋杀犯罪。于是，出现了一种次生的、社会学的冲击：在所有次生的、相对成为惯例的凶杀（黑社会的谋杀，警察的残忍）和私生活之间进行对照，家庭矛盾犯罪成为作品的主要事件，而犯罪本身终究是肮脏的和暴力的。

但是，对回到开始这种模式的基本解释，主要体现在习惯地揭露凶手当中。一种知性的满足可能产生于对某个偶然遇到的小人物必然是凶手的论证，但我们已经看到，揭露凶手的情感效果取决于对其无辜面具的熟悉性；在钱德勒的作品里，长时间与我们相伴的人物，唯一发展这种熟悉性的人物，在任何深度人物分析中我们都知道他们是谁的人物，是作品开始时的那些人物，也就是所谓主要情节的人物。

［在独创的、形而上学的侦探故事里，例如在罗伯-格里耶的《橡皮》或多德尔（Doderer）的《人人参与的谋杀》（*Ein Mord den Jeder begeht*）里，其中内在逻辑被推向它的结论，凶手竟然是侦探自己，在那种抽象的等式"我＝我"里，黑格尔发现它是一切自我意识特征的根源。通过一种更具弗洛伊德特点的方式，钱德勒的模仿者——例如罗斯·麦克唐纳——对境遇写法进行了试验，经过在时间和空间方面追查之后，竟然发现罪犯和受害者或者委托人和罪犯彼此关联，并且是不同代的人的俄狄浦斯情结的变体。然而，在这一切当中，侦探故事的情节完全遵循所有文学情节或一般计谋的基本走向，其标志是把多样性归结为最初的一致性，回到原始出发点，把主人公与对家庭原始细胞单位的再创造结合起来，或者揭示主人公神秘的出身，如此等等。］

另外，如果认为钱德勒小说的最终结果符合前面所说的描写，以经典侦探故事的方式揭露凶手，那无疑是非常错误的看法。因为这里发现罪犯只是揭示更复杂的真相的一面，它的发生不仅是谋杀迷局的高潮，而且也是追查的高潮。追查和谋杀以一种错综复杂的格式塔模式交互成为我们注意的核心；不论追查还是谋杀，它们都隐蔽了更弱的、缺乏说服力的方面，都力图抓住对方的模糊性，使之显得神奇并富于象征，然后以极端的清晰性重新对它聚焦。如果我们遵循谋杀的主题，追查就不再仅仅是一种文学技巧，一种悬疑插曲的借口，它被赋予了一种令人压抑的宿命性，像一个越来越小的环形运动。与之相反，如果我们聚焦于追查，把它作为组织描写事件的中心，那么谋杀就变成了一个无目的的意外事件，使线索或踪迹无意义地中断。

实际上，完全可以说，在钱德勒的作品里，存在着一种对暴力死亡的去神秘化。在揭露谋杀者当中，追查真相可能引发对其中变化的注意。在揭露背后，再没有邪恶的无限可能性；在确定的面具背后，也再没有无形态的情况。一个人物完全被变成另一个人物；一个名称或标牌动摇了，然后固定到另一个人身上。当谋杀本身失去它的象征性质时，成为谋杀者的属性不可能再有一种纯邪恶的象征作用。

钱德勒的去神秘化包括去除谋杀事件的目的，这不同于传统侦探小说，后者总是按照其形式本身的视角赋予谋杀以目的。正如我们看到的，在传统侦探小说里，谋杀是抽象的要点，它被用来承载通过各条线索汇集产生的意义。在经典侦探小说的世界里，所有事件无不与中心的谋杀相关，因此，谋杀具有目的性，即使只是为了围绕它组织原始素材。（实际的目的、动机和原因是作者虚构的，从来没那么重要。）

但在钱德勒的作品里，次生情节的其他随意性暴力已经介入，影响到处于核心的谋杀。等到我们获悉对谋杀的解释时，我们已经以同样的方式感受到所有的暴力，它使我们觉得同样低劣廉价，身体上感到突然，精神上也失去意义。

　　此外，就其本质而言，谋杀最终像是偶然事件，没有什么意义。正是经典侦探小说的这种看法，这种对形式视角的歪曲，才使谋杀呈现为**必然**现象，看上去几乎是纯思想计划或预谋过程无实质的结果，类似在纸上匆匆记下脑海里的数学计算的结果。不过，此时意图和实现之间的鸿沟十分明显：无论有什么样的计划，采取肉体行动或实施谋杀本身总是突然的，在现实世界不存在事先证明合理的逻辑。因此，读者的思想在非常复杂的审美骗局中被当作了一个因素——他被动地期待着智力迷局的揭开，他的纯智力功能空洞地运转，期待着揭开谜底，突然，在期待解决的地方，他得到了死亡的召唤，真正的肉体死亡，但此时再没有任何时间让他做适当的准备，他只能对这种情况产生强烈的感受。正如在我们的引语里钱德勒自己所表明的，是否此时只是用空间经验代替解决问题的时间经验，从而构成这些骗局的游戏？

# 第二章　映射空间

钱德勒批评的张力不可避免地会产生一些新的张力：符号分析与解释本身之间的张力，对空间的形式探索（它不断回归，并只能通过它与自身认同来理解）与某个主题或某种意义之间的张力。（"沿着这些狭窄的街道走下去"等，这是钱德勒自己的浪漫思想，光荣概念，彩色玻璃的套层结构或马洛到斯特恩伍德庄园时的戏中戏。）

但必须阅读"空间"，除非传统阅读方式被预先设定（在这个社会里，传统本身到处存在危机），读者可能期待经过一个最初的计划阶段，经过最初是当地接受解谜技巧训练的阶段。甚至就空间这个范畴本身而言，它也不能被假定在文本之前存在，而是必须由文本把它作为空间的"代码"投射出来，而读者必须学会解读这种代码。因此，在《长眠不醒》里，我们可能一开始就注意到作为容器的空间，客厅和房间相对于其家具显得太过宽敞［"巨大的硬木椅子，铺着舒适的红色软垫，放在空旷的房间后面。它们看上去好像没有任何人坐过"（BS，Ⅰ，3-4）］；这是一种现象学训练，我们从中学会感悟容器和内容之间的距离、分离和分裂。它使我们获得了对装饰的敏感，对某种类型"内部装饰"的敏感，例如对南加州那种可以充满空旷房间或建筑的内部装饰的敏感；但是，它同时也使人质疑这种装饰与自然之间的关系（"然后是更多的树木，再过去是坚硬不平、令人愉悦的山前丘陵"）。

不过，《长眠不醒》第一章包含其他有趣的线索。彩色玻璃窗非常明显（虽然人们可能认为，它隐含的意义在于歹徒**不在场**，或钱德勒的情节新颖神秘之处），但描绘并不那么明显：

> 一个身穿大概是墨西哥战争时期军服的军官摆着僵硬的职业姿势。他戴着一顶整洁的黑色皇室帽子，留着黑色的髭须，乌黑的双眼，总的看是个值得交往的人。我想这可能是斯特恩伍德将军的祖父。（BS，Ⅰ，4）

此处空间和时间相互协调，这在钱德勒的作品里十分罕见，因此在某种意义上可以说是首次出现，旨在确立其他一切都可以在其中发生的框架。这些协调包括帝国主义，并在空间上指明第三世界他者，而他者的南加州已经被强行攫取：人们惊讶地注意到，"墨西哥"作为可选择的空间，一直到《依依惜别》才重又出现。此外，它的功能角色意味深长地被更近的地方所取代：

> "如果你在城里没有藏身之处，你会去什么地方？"
> "去墨西哥，"我笑道。（FML，XXXⅢ，281）

马洛嘲笑那个腐败的警察所提的建议，因为事实上，穆斯·马洛伊（Moose Malloy）躲在离洛杉矶更近的地方，在一艘停泊在三英里限制之外的赌博船上。因此，在空间方面，墨西哥的标示、墨西哥战争以及南加州以前的政治历史，可用作一种方法，使读者易于感到框架之外还有什么，感到本质上是一种空间**他者性**的范畴，而墨西哥只是它最牢固的形式。

在时间或历史方面，提到墨西哥战争会使我们回到最早的起源，首先是在血腥罪恶和民族侵略中加利福尼亚本身的起源，在"显著命运"方面的起源（并非是钱德勒过分关注的一个主题），但通过对比，更重要的是回到斯特恩伍德家族（以及斯特恩伍德财富）的起源。自相矛盾的是，最初的斯特恩伍德将军并不是回答对他的肖像所引发的问题：家族的财富并非来自墨西哥战争的战利品，亦非来自军人职业和传统的荣耀，而是来自更近时期的**石油**（请记住，在 20 世纪短暂的繁荣时期，在开始为流行杂志写小说之前，钱德勒自己曾从事石油贸易）——这是一个不同起源所在，我们会在小说的倒数第二章发现。这种金钱与尚武传统（本质上是荣誉）的分离是钱德勒所用的方式之一，通过这种方式，他寻求系统地把他的情节和动因与传统的侦探小说区分开来（传统侦探小说在道德上不是预设金钱便是预设"罪恶"，或者预设两者）。然而，正如我们已经看到的，巨额财富的地点对他的小说构建非常重要（更确切地说，对其道路和行程的范围非常重要），因此需要把财富的事实与财富的获取分开。（在《再见，吾爱》里，通过人物格雷尔的年龄和温柔获得**财富**；而在《高窗》里，我们会看到没有充分把握住财富。)

这一切实际上都是肖像本身所固有的,它凝视马洛,要求他也看它:

> 就在我仍然盯着那双激动的黑色眼睛时,远在后面楼梯下的门开了。
>
> 并非男管家回来了,是个女孩。(BS,Ⅰ,4)

归根到底,肖像的意义主要体现在叙事引导方面,其目的是解释斯特恩伍德将军的"动机",或至少使他的"动机"成为可能——喜欢他的女婿(也有已成过去的历史特点,就他而言是爱尔兰共和军)。在马洛看来,通过转换"伙伴之谊"的空间,换句话说即男性结合的综合征,其含义相对而言仍然是"封建的"(或"军事的"),在许多方面还是反女性的,但它对这一特殊情节至关重要(其中两个女儿是混乱的双重根源)。

但是,现在我们遇到了故事和叙事中的一个关键**人物**,钱德勒必须确立一种他和他的读者都深信不疑的精神病理学"现实",不过在我们看来,这种现实完全是古代关于性的神话,即"慕男狂"的概念。要确立这种现实,必须提供手势和抽搐的动因,提供某些告密的迹象("她长有又小又尖、能吃肉的牙齿"),但首先要提供我们已经有过一些训练的"能指符号",即观看本身:"她的眼睛是蓝灰色的,看我的时候几乎没有任何表情。"

在眼睛作为一个地点时,一种表意系统得到发展和强调,因此"看"和观看或眼睛的重要性在这章最后的插曲里得到确认:

> 男管家选择那个方便的时刻回来,穿过法式落地窗,看见

我抱着她。他似乎并不在意。他是个瘦高个儿，接近 60 岁或刚过 60 岁，蓝色的眼睛，两眼尽可能远地分开。(BS，Ⅰ，5)

因此，《长眠不醒》第一章不只是对各种温度、颜色和表情"观看"的汇集：它是一个地方，在这个地方，通过把观看作为一个置换的空间，一个完整的体系慢慢地、逐渐地分离开来，从中我们已经看到一组重要的"义素"或特点：激情，忠贞和私密，性痴迷或病态迷恋（非人化），等等。

按照格雷马斯（Greimas）的理论，我们至少需要四种基本的义素，或者两种基本的对立成分，如此才能使这种主题群组以某种真正意识形态**体系**的形式出现：分离的过程至少是通过认识实现的，即认识到开始这一章事实上为我们的检察所呈现的不是三双眼睛，也不是三个人物（其叙事导向的重要性非常不同），而是**四双**眼睛和**四个**人物，因为整个遭遇是通过马洛，一个"窥视者"和某个职业监视者的眼睛看见的。当然，我们不知道马洛的凝视是什么样子（我们从其他地方知道，他的眼睛是棕色的，这为黑色、蓝灰色、蓝色增添了一种新的颜色，足可以针对其他三种颜色区分自己）：他的观看的性质自相矛盾地通过"声音"传递，通过俏皮话传递，但这种俏皮话使我们总是怀疑这种凝视究竟是嘲讽还是怜悯。

然而，这一章的含混性也暗示了其他协调因素：这并不只是小说的开始，它还是对斯特恩伍德庄园的首次造访，因此是公共世界和门后的私人世界之间的界限（正如钱德勒在其他地方所说的，带有"日光浴的特殊烙印，非常安静，住在专为上层阶级提供的防噪

音房子里"）。但军界的前辈象征着公共领域和光辉历史。同时，
"激动的黑眼睛"和卡门无表情的眼睛，至少矛盾地表明它们彼此
有某种共同的东西，但这里排除了马洛和男管家：就是说，类似于
个人承诺或激情的形式，他们的表情会发生变化，取决于那种激情
的性质是公共的还是私人的，然而两者都包含暴力和对自我及其要
求的承认。

这些迹象也许足以说明这一"体系"如下图所示的最初的
特征：

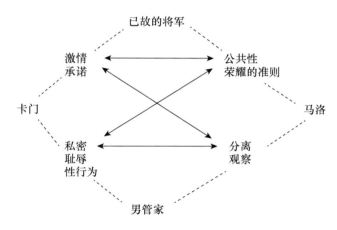

这里重要的不仅是其所用的方式，即马洛一开始就为卡门设下陷
阱，实际上等于放弃了情节；更重要的是马洛的关心，通过关心，
马洛的作用与男管家的作用便区分开来；管家是斯特恩伍德家庭耻
辱（荣耀）的见证者，保守着他们的秘密，也是维护私人领域和家
庭空间的门岗。用格雷马斯的术语说，管家在这里的作用完全是中
性的或无性的。（正如将军的"情结"或"乌托邦"功能——不可

改变的判断，对死者和英勇过去的判断——它们是一种不可能综合的所在。）①

同时非常清楚的是，在一个我们甚至还没有遇到更重要人物的情境里，这种仍然相对简单且抽象的计划内容会被大大地修改，计划本身也需要丰富和修改；如果不更仔细地考察其他小说，我们也不可能认为这里阐发的"激情"或"自我"与公众领域之间的**矛盾**是钱德勒的基本主题（它可能是《长眠不醒》这部小说的基本主题，毕竟小说对准了敲诈勒索）。

可以指出的是，把观看用作体系初始形成的工具，将会产生一种预想不到的副效应，一种次生的功能与延伸，但它与主题系统没有任何关系。确实，在开头这一章之后，在钱德勒的作品里，"观看"在叙事和描写里都将再次显得不那么重要（它不可能不是如此，除非文本呈现出刻意风格化或高度的文学风格，而这是钱德勒的文类必然抵制的，尽管他努力使自己进入萨特、萨洛特或杜拉斯的行列）；不过，**观看**作为一种行为至少暂时在这里得到了强化，获得了一种通常所没有的重要的象征意义。

然而，至少有一个强大的解释传统把侦探小说作为一种文类——弗洛伊德主义传统，它读出了我们对这种文本的介入，以及它们作为视觉冲动对我们的兴趣，它们作为深受压制的原始场景对我们的吸引力；这种情形与弗洛伊德的理论一致，至少他自己表明了科学使命的特点——发现和了解的激情，知悉**秘密**的激情——是

---

① 参见 A. J. Greimas, *On Meaning*，Minneapolis：University of Minnesota Press，1987。特别是我的导论，它提供了某种符号矩阵的使用指南。

婴儿窥淫冲动的升华。确实，原始场景的概念不论是否在这种或那种实证的传记经验中存在，它仍然可以作为对抽象事件信念的典型表达，以及对抽象事件怀念的典型表达，此时你可能成为**存在**，而事件实际上可能单凭自身成为真正的存在，但又不会失去它在过去或未来的叙事限定。我自己的感觉是，这种性质的自然主义解释虽然诉诸人类本性中某种永恒的驱动力，却是危险的，其实也是意识形态的；不过就《长眠不醒》而言，我们根本不需要诉诸一种永恒的（弗洛伊德的）人类本性，我们可以把视觉冲动的强化——以及随后在这种**文类**中对驱动力的"再创造"，或至少在《长眠不醒》里的再创造——归因于第一章对观看的初步"运用"，归因于它对注视和公共及私密之间关系的系统解释，对看和知、秘密、性行为与历史活动本身之间关系的系统解释。

但这不只是《长眠不醒》第一章产生的冲动，因为这一**特定的**侦探小说实际上比一般归于侦探文类的小说更多地专注于一种"原始场景"，它的结构，以及它的文本的基本缺失，比任何简单的弗洛伊德神话都更好地强调了这种时刻的奇特性质。《长眠不醒》有自己的叙事空间中心和前文本的**形象**：照片——文字叙事无法提供给我们——呈现了卡门的裸体（一个转喻的原始场景，以为它记录了她的"慕男狂"），同时表明她对盖格被杀有罪或有牵连（通过置换，谋杀本身变成一种升华了的性行为）。另外，马洛真正感到吃惊的"场景"是观看和窥淫癖的场景：相机本身的位置正对着卡门，看上去"像一个图腾柱。它的外形像只鹰，又大又圆的眼睛是相机的镜头。镜头对着坐在椅子上的裸体姑娘。一个变黑了的闪光灯泡夹在图腾柱边上"（BS，Ⅶ，22-23）。对此我们应该补充说，就像在希区柯克影片里那样，闪光灯泡的这种瞬间闪光既是一种可能会杀人的袭击，也是一种性攻击；还应该补充说，紧接着在这段之后，钱德勒平白无故地谈论了死者盖格的"玻璃眼"，仿佛这位书商自己的镜头和闪光灯泡也那样闪光，在这个过程中随着闪光烧毁了自己的生命。但这一切表明一种视角，通过这种视角，钱德勒的小说——一种"低劣的"或亚文化实践的文类，廉价地迎合窥淫癖和视觉冲动（重复法兰克福学派对大众文化的典型道德化分析）——转而针对它自身，并在自身内部对它自己的性质进行比喻性的深思，觉得它是窥淫癖，并渴望看见窥淫癖，甚至刹那间觉得它是"真实的""事件"，而这些都采取了严禁的照片形式。①

　　然而，人们不应该离开文本的精神分析版本，但必须指出其社会和历史维度如何被重新确立。人们认为这是可以做到的，基本上或至少最初可以通过区分私人和公众的主题做到。我们已经谈到这种主题的区分，它们构成一种历史的对立而不只是拓扑学的对立。（就是说，出现了隐私和"私人生活"，出现了个人的"经验"，包括性行为，以及公共生活的贫乏——人们逐渐感到公共生活与所有这些对立——这种现象的出现和这种对立是一种历史事件，当然

---

　　① 照片在《小妹妹》里也是核心，而更令人惊讶的是在《高窗》里，从弗洛伊德的观点看，后者描写中使用的词语极富暗示性："'喔，那是布莱特先生，'她说。'这照片不是很好，是吧？那是默多克太太——当时她是布莱特夫人——就在布莱特先生背后。布莱特先生看上去很疯狂。'……'看上去，'我是说……'那是伊丽莎白·布莱特·默多克太太的一个快照，她在把第一任丈夫推到他办公室窗户外面。他正在落下去。看他手的位置。他在恐惧地尖叫'。"（HW，XXXV）

在任何社会里，它们都不是社会生活的永恒特征。）

侦探小说作为一个文类，其原始素材的外延方面——城市与历史的关系，监控社会的出现以及监控作用在市场体制中的彻底改变，公共警察与私人警察之间的关系，等等——提供了一种非常不同的探讨方式，它不同于前面提到的那种通过精神分析调解的方式，至少不同于分析"原始场景"主题的方式。人们很容易通过高夫曼（Goffman）的前后视角区分——特别是按照麦克坎奈尔（Dean MacCannell）在《旅行者》一书中对它的发展，重新把这一主题纳入社会学的视角：

> 对于特殊产业和商业组织，我们可以追踪它们工厂布局的变化，说明目前的扩展，既包括总公司大楼的外部，也包括这些建筑的会议室、主厅和接待室……我们可以观察家庭设施的升级，其中厨房曾经占据它的后区，现在逐渐成为房子里最不中看的部分，但同时它又变得越来越漂亮。①

不过，这里发生的是，在正式接待室后面和"正面"，私密的、不可示人的区域逐渐被认为比那些旨在面对公众的区域更"真实"：因此，正是在内室里面，在场景背后，发生了某种更真实的行为；人们觉得只有那些从内部了解这种活动的人，就是说，只有知道在柜台背后和内室里面发生了什么的人，才是真正的知情人（或真正了解）。为了正确地描写旅游——看其他人"真实"生活方式的活

---

① Erving Goffman, *The Presentation of Self in Everyday Life*, New York: Doubleday, 1959, pp. 247 - 248. 亦可参见 Dean MacCannell, *The Tourist*, New York: Schocken, 1976, 尤其是第五章。

动，麦克坎奈尔把这一切都进行了重写，把旅游作为一种探求**真实性**的仪式——经常失败，并被更"真实"老练的旅行家认为滑稽可笑——可以确认真实与不真实的意识形态对立，因此可以用一种准形而上学的方式再次确认"现实"的概念。无论如何，他的著作在理解阐释活动方面具有双重优点（不论对文本解释者还是对马洛和其他侦探）：（1）作为一种仪式和活动，它隐含的意义确认并捍卫一种意识形态，大大超越了它直接表示的意图（马上解决谜团或问题）；（2）作为一种特殊形式，就是将其素材放在空间里（而非在认知范畴里）组织的一种活动。

对秘密或迷局的"解决"——无论如何在钱德勒的作品里都非常难以理解——明显不同于封闭的叙事（即赋予它完整性以及对"总体性"的幻觉），因为它完全发生在另一个不同的层面，即叙事的原始素材（故事或寓言）层面。这种对谜团更具"认知"特点的解释，至多被当作一种封闭的**标志**，或在叙事内部与后者**相似**。故事素材"想象的"维度——例如，双重性，对女人的态度，力比多投入的地方，感情投入的地方，适当幻想活动生成的客体和产品——也不可能被分离开，成为一个封闭的地方。

问题是，在读者和作者能够以某种综合方式（认知的或情感的）反映事件之间关系的地方，如果我们被迫离开了那里，我们就会面对一系列联系极其松散的插曲。当然，从本体起源看，早期的小说有些像是拼贴的东西，它们把一系列分开发表的故事——速写或练笔之作——细心地缝合在一起，形成一个长篇序列。[但是，甚至那些最初的故事在结构上也是插曲式的；一篇优秀的类似《麻烦是我的职业》（"Trouble is My Business"）的早期文本，实际上是钱德勒一部小说的缩影——意思是，各种不同插曲的独立性问题仍然没有解决。]

当我们意识到这些不同的插曲在结构上多么相似时，问题甚至变得更加复杂难解。主色调从一个特定背景（例如，《长眠不醒》第三章维维安房间里的白色）转变到描写和呈现人物时（《长眠不醒》第八章艾迪·马斯的灰色），这种转变表明了一种人物与地点之间互为依存的情况，并会在整个长篇小说中保留下来，但这种情况本身也需要解释。我认为这可以通过假设的前提来说明，即钱德勒作品的原始或基本形式是**访谈录**，其原始形式像前期埃斯库罗斯的戏剧那样，在任何特定时间都只有两个人物。马洛不喜欢像记者那样在街上随便找人访谈，他的访谈情境往往与整个建筑结构一致，接近大楼，走进房间，观察内部装饰和家具（其中对服装和款式的注意再次成为第二位的衍生物）。

不过，这与巴尔扎克那种传统的自然化明显不同（在那种传统里，服装和房屋被看作某个特殊社会"物种"所隐蔽的许多骨架和伪装），因为，正如前面提到的，在钱德勒的作品里，人类空间或居所与南加州的自然之间存在着巨大差距；前者的区域，大致是洛杉矶，在这里明显是人造的而不是自然的。

然而这种差距构成了一些漂亮的段落，它们在钱德勒的作品里最有意思，其中真正突出的是逐渐或曲折地**接近**访谈的情境（很少从这种情境中撤退）。从这里，私人大门和私人道路（HW，ⅩⅦ，Idle Valley）那种象征性的、几乎神话似的价值，经过虚拟的公民起义（*The Little Sister*，ⅩⅩⅥ）变成了《依依惜别》（ⅩⅢ）的资产阶级化；还有叙事空间的神秘性，即马洛夜里进入亨利·琼斯的办公室（BS，ⅩⅩⅥ），或者白天进入奥泰尔大街雷富利（Lavery）寂静的住宅（LL，ⅩⅤ）。所有这些都可以归结为一道纱门，它将杰西·弗劳里安的小房子（FML，Ⅴ）与门前干枯的褐色草坪分开，并以转喻的方式概括了她寒酸的生活：这是另一种接近"原始场景"的方式，类似希区柯克影片中的那些窗户（《我忏悔》或《惊魂记》），透过这些窗户照相机正好拍摄到尸体。

然而，维维安·里根室内的白色〔"像是慈菇湖（Lake Arrow-head）刚刚降下的雪"〕和杰西·弗劳里安充满破烂的屋子（"两个旧台灯，一度艳丽的灯罩现在破了，像是年老色衰的站街妓女"），标志着钱德勒**修辞**的两种变化：其一，极其"敏感"地召唤妇女的时尚和室内装饰，但使用不同的语调，可以从巴特（Barthesian）那种时尚杂志只表明专门"知识"的中性语调，一直到典型美国式的、非常流行的旁白讽刺；其二，列举大量破旧的东西，大部分的商标已消逝，变成了钱德勒下层阶级邻居无名的物质世界，另外还有寄宿或廉价旅馆，灯塔山，便宜旅馆的大厅，以及大厅里破旧的痰盂和塌陷的皮革椅子。

关于这种修辞的两极分化（也是社会学的），必须强调的是，钱德勒所谓的"穷人"绝不是任何意义上的工人阶级，他们是今天所说的"下层阶级"的成员：流浪者、非工人的人、社会上的"无家可归者"、像他们的居所和家具那样破烂的受害者。但由于同样的原因，如果给予钱德勒的作品任何"特权"，那将是非常幼稚的。

就这种词语用于时尚的描写而言，它们常常带有阶级意识，就像社会主义现实主义的作品那样，可以直接纳入阶级范畴，不论在资产阶级的社会意义上，还是在"统治"阶级的政治经济意义上，抑或在资本家阶级或生产资料所有者的意义上，无不具有这种特点。实际上，我前面已经提出，钱德勒的创新之一，即他觉得自己在有意识地改变这种文类（以及他从哈梅特继承的文类）的方式，是力图用其他动机因素代替标准的金钱或物质主义动机（这种置换最成功的形式是贪婪的妇女威胁男人）。但是，为了使这种置换获得成功，财富的地点和轨迹必须以某种技巧"掌控"；人们需要区分获得财富的方式，在格雷尔或斯特恩伍德那里是以某种方式保留或间接获得的（两者都不只是因为年老），也有从寡居的默多克太太获得的，在《小妹妹》（钱德勒唯一涉及这一特殊背景的作品）里是好莱坞神奇的财富，最突出的是哈伦·波特神秘的孤独（在《依依惜别》里），但最后摆脱了权力和金钱（例如作为谋杀的目的）。这里暂时可以得出的结论是，虽然钱德勒因某种形式需要那种类型的"富人"，但在他的著作里富人并未处于财富的中心（或许可以说，钱德勒的小说里也没有**资本家**），因此，"富人"要通过他们的房屋和内部装饰来限定，他们是那些居住在前面分析的"时尚"空间里的人。

但是，这会使我们对钱德勒的作品进行其他社会学的区分，更确切地说，会把我们引向他的作品所提供的那种社会类型学的空间。并不特别令人吃惊的是，我们根据与之相关的房屋和内部装饰记住了这种"类型"，而不是因为他们的性格特点；此外，这种类型化插曲更强烈的标志是它们在叙事语境中相对独立的情形。我们并不十分肯定在哪部小说里出现了这种或那种插曲；六部小说每一部都有自己特定的氛围，但人们还是特别记得一些更有力的插曲，在脑海某个不同的地方，仿佛钱德勒作品的效果是立体结构式的，情节的整体效果与这些特殊插曲的部分效果毫不相关。

随后的比较至少具有启示性，因为它们使我们容易意识到那些"必须的"插曲，某些不可或缺的插曲类型。例如，对富裕委托人最初的访问——在《再见，吾爱》里明显被取代了，但在《长眠不醒》里却被充分"描写"——其中有些有趣的事情，让我们明白了钱德勒最有意思和最典型的败笔。在《高窗》里，非常明显，默多克太太的孤独及其结局意味着女性类似于斯特恩伍德将军的花房（包括适当的结构倒置）。但小说显然未能实现这点：首先，帕萨迪那的房子不是斯特恩伍德庄园的替代，因为——下面将会强调——它没有以相同的方式连接与自然的关系。同时，正如已经表明的，寡妇对她丈夫财产的继承描写得过于直白：把斯特恩伍德财产的相对神秘性和斯特恩伍德将军与财产的"距离"进行比较。最后，布拉舍·杜博龙（Brasher Doubloon）是对《长眠不醒》或《小妹妹》里那些照片的倒退式的替代，以硬币代替了"形象"（尽管更具历史特点，带有审美和考古的"印记"）；这就返回到哈梅特《马耳他黑鹰》（*The Maltese Falcon*）那种更浪漫的程式，然而它的结局仍然成功地导致被压制的照片形象的回归。无论怎样，《高窗》提出了一个有趣的问题，它可以作为引导我们继续这一讨论的线索：为什么我们觉得这部小说不如其他小说那么有力和敏锐？为什么它不及《小妹妹》成功，在形式上是一次失败？更重要的是，当《高窗》也包括钱德勒一些最著名的、原型式的插曲时，我们怎么能做出这样一些判断呢？

例如，我想到伊利沙·莫宁斯达（Elisha Morningstar，驼背的钱币收藏家）的办公室，想到灯塔山的谋杀［曾在《黄衣国王》（*The King in Yellow*）看过］——灯塔山公寓是个典型的低级住宅区，邻近钱德勒的房子，他曾短期在旁边一个比较繁华的地方住过，并天天乘"天使航班"去工作。这地方唯一值得另外选择的似乎是奥林·奎斯特（Orrin Quest）的寄宿公寓（在《小妹妹》里），但它在海湾城，因此其含义非常不同（同时，杰西·弗劳里安的家是个小房子，也无法与之相比）。不过，灯塔山公寓的受害者在整个钱德勒的作品里还有其他相同的情形，也就是马洛的不良镜像，非常不成功的私家侦探的类型。［比较一下《长眠不醒》里的哈里·琼斯、《回放》（*Playback*）里的哥布尔以及一系列的旅馆侦探——或许是一个不同类型的划分？——无论如何，它包括一个完整的"体系"，其中马洛和警察同样重要。］哈里·琼斯破旧的办公室与 G. A. 菲利普斯破旧的公寓相对应；但可以肯定，整个破旧的办公楼是钱德勒城市景观的基本成分，这里通过莫宁斯达的办公室得到确证。如果仔细观察，作为社会学的类型，莫宁斯达的办公室似乎代表着各种各样的专家，富人们需要时不时地召唤他们（但我只记得另外一个，即《麻烦是我的职业》里的文档鉴定员阿博加斯特，在某些方面他是对这部小说的一种审判）。可是，在某种更概括或比喻的意义上，"莫宁斯达"的地位似乎与所有那些专业人员相关，他们都以这种或那种方式迎合富人的需要，但非常独特地带有"邪恶"的暗示（盖格的书店），而且在小说里经常通过不正直的医生或各种庸医来体现他们——《再见，吾爱》里的阿姆瑟和桑德伯格，《湖底女人》里的奥尔莫尔，《小妹妹》里的拉尕尔第，以及《依依惜别》里的维尔林格（钱德勒似乎对律师没有什么兴趣）。这些人一般都把办公室设在家里，在钱德勒的作品里这是空间地位上升的一个台阶。

在他们之下，人们很容易为另一种人物留出空间，这种人物的**"家"就是**他的"工作室"，你们知道我说的是什么，我指的是男妓，他在《高窗》里的表现不是特别突出，不及他在《再见，吾爱》（林赛·马里奥特）和《湖底女人》（雷弗利）里那样鲜明；在《小妹妹》里，这种人物不常露面，却出人意料地作为好莱坞的某种制片人，后来更意想不到的是，他变成了《依依惜别》中浪漫的领导和主角。钱德勒觉得这种人缺少男人味儿，言外之意是有女人气还是同性恋，于是把马里奥特这样的人物拉回到《长眠不醒》那种更模糊的关系当中。

不过，男妓应该明显区别于与他们略微相似的其他人物，但钱德勒对后者的定位和评价却是他著作中最有意思的问题。当然，这些人都是歹徒——《长眠不醒》里的艾迪·马斯，《再见，吾爱》里的布鲁奈特，《高窗》里的艾利克斯·摩尼，《小妹妹》里的斯蒂尔格雷夫，他们常常有帮手，帮手还更"邪恶"（《长眠不醒》里的卡尼诺，《高窗》里的艾迪·普鲁，以及没有"老板"的幸存者，如《依依惜别》里的梅内兹和斯塔尔）；对于这些人，我们也许可以说他们的"工作室"就是他们的"家"，因为适当的访谈（如果完全不是在另一个人的地盘上进行）几乎总是发生在赌场里，或者，最富戏剧性地发生在《再见，吾爱》里的那种赌船上。但是，钱德勒描写的这些歹徒非常奇特——他改变了这种老套人物，因此解决"有组织的犯罪"的老套情节变成了中性的——他们都有金子般的心，马洛喜欢他们（就像他有时喜欢某些警察），他们和其他人一样常与妻子闹意见，而他们几乎总是采取**理解**的态度。

这一系列的社会类型——富人、穷人、不正直的专业人士、男妓、歹徒以及警察——似乎相当充分地展示了钱德勒小说中**男性**人物的类型。（女性人物当然也有社会定位，但她们的能量似乎在于一种不同的"力比多"机制，围绕着一种老套的"无意识的"原型，类似"冷酷的仙女"，或可爱的妇女"朋友"，但没有性感的侦探伙伴。）然而，人物类型发展过程中隐含的东西，现在必须重点揭示的东西，则是它们与空间的关系：空间结构如何把它们连接成一个体系，又如何提供"说明"这种或那种范例的方式。

在钱德勒的作品里，私人和公共主题至少在一个方面采取了象征的表达方式。在许多情况下，这种表达是整个硬汉侦探文类的经典方式——就是"**工作室**"这一事实，更确切地说，某些人物既占有（最著名的是马洛自己）工作室又有私人住所（最经常的是单元式公寓）。可以举一个例子——但不是在这个语境里——说明侦探小说作为重新创造的私人神话、私人空间和个人或私人生活究竟有什么社会和仪式功能。（这里我只想指出对侦探本人的私人住所和生活充满想象的、过度的注意，最惊人的是那种老生常谈的、流行的想象——从文本上看十分错误——想象马洛睡在他的办公室里，电话放在冰箱里，等等。）

无论如何，家和办公室之通用使我们可以得出一个非常概括的置换方案，从逻辑的可能性上说，其最终对应于前面提出的社会学的类型学：

（1）有些人有家但**没有**办公室：矛盾的是，这些人要么是非常富的人，要么是非常穷的人。

（2）有些人**既有**家**也有**办公室，他们是专业人员，为富人服务，大部分都很狡诈，但偶尔在结构上也有颠倒。他们是值得尊敬的人（例如马洛本人！）。

（3）有些人物家和工作室对他们一样或几乎一样：男妓的家就是他们的工作室；歹徒的工作室（赌场等）就是他们的家。

（4）存在一种逻辑的可能性，对此我们还没有谈到，即那些有办公室**没有**家的人。我认为，这种人相对应是**警察**，人们总是在警区大楼里看见他们，仿佛他们没有市民那样的私人生活和私人生活空间。

下一章我们将考察这种"办公室"的现象学意义——当下它足以检验结构主义的"审美"原则，即我们对整体叙事封闭性或完整性的印象主义感觉，在我们提供的结构方案中与系统地穷尽逻辑的种种可能完全成正比。这一前提的问题是它的条件完全适用于《高窗》，在《高窗》里，所有符合逻辑的可能性都得到相当充分的再现，所有社会类型都得到描绘，然而《高窗》明显未能产生整体叙事的封闭感，不像第一阶段的其他三部主要小说：它应该是一个整体，其组成部分常常写得极好，但没有整合到一起，我们尚不能理解或说明是什么原因。

我想尽力找出它的原因。为了做到这点，我把刚刚确立的社会类型学——以及与之对应的城市空间和建筑——与其他某种东西，即可以简单地称作自然的东西分离开来。确实，与更古典的城市相比，城市风光和自然风光同时存在是洛杉矶最突出的特征之一。古典城市**取代**了自然，至多是作为城市**整体**与大自然的某个地方接壤，例如旧金山和悉尼的海湾。但是，洛杉矶峡谷的房屋仍是城市住宅，因此当时新出现的郊区生活文学（及其特殊的美学困境）基本上被排除在钱德勒的南加州之外。

这就是说，至少在这个特殊的洛杉矶，城市和自然两个方面一直在同时发生作用；彼此都没有消除对方，不像不同空间的文学实践常做的那样。另外，在钱德勒的作品里，两个方面——无论多么巧合或重合——仍然明显**不同**，不论我们是否能够说明它们处于**张力**之中——且不说处于**矛盾**之中。因此，对于钱德勒的小说，从一开始我们就必须同时根据两条线索或两个迥异的尺度来阅读：在《长眠不醒》里，我们看到精选的住宅、房间和办公室——完全是典型的城市空间——**同时**我们**也**生活在自然之中，最突出的是观察天气变化，注视着小山上雨云的发展变化。其实，《长眠不醒》的章节序列在这方面是一种天气热度记录：乌云、蒙蒙细雨、艳阳高照、雾气、暴雨和黑暗中的汽车灯光；这个序列有其自身的逻辑，但如果沿着旧的"表达谬误"①，假定它与城市空间同时发生的人

---

① "表达谬误"是批评表现主义用语。它认为表现主义坚持语言直接表达现实，不需要媒介，必须保持对现实透明，其实是不实际的。——译者注

类事件之序列存在有意义的象征关系, 毫无疑问那是非常幼稚的。

这种天气领域——以及钱德勒对它的注意——事实上是统合这些小说的一种方法, 而且是远比复杂的情节本身更具体的方式: 正是天气的变化, 特别是在《长眠不醒》里——等着下雨, 期待翌日早上明亮的阳光——把本来随意甚或可能没有中心、彼此分散的插曲聚合在一起, 从而形成"永恒的"统一体。因此, 我们这里似乎正走在封闭原则的路上, 与社会或城市类型所涉及的任何东西都明显不同, 但它的方法此刻看来是周期性的, 或至少主要是时间性的, 于是缺少了时间和空间的暂时对应, 而美学的封闭感又必须依靠时间和空间的对应。

同时, 关于艺术和建筑的批评使我们习惯了"隐喻化"的概念, 因此"文化的"空间或元素会根据"自然的"空间或元素来阅读, 反之亦然。在钱德勒的作品里, 至少可以最低限度地肯定, 我们了解他那奇特城市空间的能力——从南加州的庄园到破旧的旅馆大堂, 从市中心的办公大楼到峡谷区或到通向只有私家警察居住的小区的私人道路——是通过我们对洛杉矶盆地(从山脚到港口或海湾)自然生态的感觉激发出来的, 也是依靠这种感觉构成的。

然而同样重要的是, 绝不能以静止或分散的方式来理解这种感知, 只能把它作为"确定"事件——及其空间——地理位置的某种惰性行为:

> 这是一个令人愉快的房间, 家具不多, 但非常漂亮。墙的尽头是法式落地窗, 通向一个石头露台, 透过暮色望着起伏的丘陵。(BS, XIV, 48)

对这种叙事时刻的正确阅读，需要确信那种"地理空间"——自然环境、丘陵地带等——不只是又一个应该描述的信息，可以随意增加到关于房间其他类型的物质资料上面；相反，第一种与第二种资料（可能与内部装饰有关）属于根本不同的类型。为了正确地阅读这一段，我们必须认识到这里运用了两种截然不同的语言，两种不同的体系在这里并存。同时，还必须抵制形而上学的诱惑，即力图把这种并存变成某种永恒悲情的陈述和表达：这个房间里将发生一起暴力死亡事件，然后它自身被永恒的自然循环改变，仿佛微不足道的人类激情因通向无限的天穹突然被戏剧化了。然而在我看来，这种表示法应该被读作两种不同但又各自完整的体系暂时交叉，它们每一个都有自己独特的封闭性。我们已经以图示表明钱德勒叙事中社会类型的作用，这种类型作为一个体系具有自己的逻辑完整性，但从社会阶级分析的观点看，它有严重的缺陷，也不完整，因为它试图把自己的假象或"完整性"或"总体性"的投射变成一种意识形态行为，甚至变成一种虚幻的意识。尽管自然或地理规则属于非常不同的类型，但各自都有其传统的封闭性。

在试图思考这些规则或体系之间可能的交叉方式时，人们很容易援用罗曼·雅各布森著名的关于诗歌语言的典型说法，即它是"从选择轴心到结合轴心对等原则的投射"[1]。这个论断有效地传递的看法是，每一个这样的轴心都有自己特定的动态、逻辑或原则，因此一个轴心对另一个轴心投射的长久阴影应该更具体地解读为非

---

① Roman Jakobson，"Concluding Statement"，in *Style in Language*，Thomas A. Sebeok ed.，Cambridge：MIT Press，1960，p. 358.

法转移，即把一个体系的节奏和合法性转移到通常由不同原则支配的另一个体系。

考虑到这一点，我认为钱德勒小说封闭性的达成，乃是由于类似的地理或自然轴心对社会轴心的投射；这两种规则或体系的相互重合，使封闭性本身可以从自然风光更大的总体性转移到更可疑的、纯逻辑性的社会秩序的系统化。换言之，根据钱德勒自己对社会领域那种有限的意识形态（甚至个人的或私下的）看法，南加州的自然风光赋予社会领域以某种性质的完整性。这是明显不同于那种"自然化"的运作，而巴特（Barthes）和其他一些人认为自然化对意识形态行动至关重要：在钱德勒的作品里，南加州的社会秩序是"自然的"这点不可能有任何问题，但它的人造性反而时时得到强调。这里自然化的行动不是在个体社会类型或体制层面上的干预，而是对审美主张的干预，这种主张认为，钱德勒触及所有基础的方面，对洛杉矶县区动植物的记录非常详细和全面，对社会秩序中的各种因素、贫富两极、多种力量、**行动者**的"再现"——不论是不是照相式的——本身就是一个完整的事物。

但是，封闭性——达致叙事的总体感——不可与作品单纯形式上的结束或总结相混淆，这也是钱德勒最后和最不成功的一部小说所表明的。我多次对《依依惜别》的评价不够公正，因此最近对它重读时提出进行修正。其实，就他最后完成的小说而言，也许可以满足电影改编遇到的问题；这部小说同样提出了关于叙事机制中断或用尽了的问题，而这些在早期作品里都有成功的演练。我们还没有提出奥特曼电影版本中有意思的问题，在钱德勒小说的所有电影版本里（他的所有小说都拍成了电影，至少拍过一次），奥特曼的影片最具个人色彩，最有特点，也最令人惊诧，但这会不断地提出更多的要求，就此而言，奥特曼与钱德勒同样重要，他的电影《依依惜别》同样是他的杰作之一。诚然，埃利奥特·古尔德（加里·格兰特饰演）远非钱德勒自己为银幕想象的那种理想的马洛；而结局的改变似乎是奥特曼对小说的断然批评，批评它过于伤感，批评它明显赞扬男性关系综合征——即使不是同性恋的冲动。

然而，恰恰是这种结局的改变提出了一种更好地理解小说与影片关系的方式，它明显不同于习惯的"再现"方式。（按照再现的方式，我们会问影片是否忠于原作；是否博加特比迪克·鲍威尔是更理想的马洛，等等。）从象征到讽喻，从同一到差异，从同源或复件到结构的距离和区分，这些批评价值观念的彻底改变在这里也有它的对应物，就像对更新的电影批评——在给定的电影文本**内部**探讨类似的关系问题，如形象和镜头之间的关系、文字和声音之间的关系——的感觉。当两种记录之间存在某种滞后、不和谐、不一致的情形时，人们会感到这种关系更强烈，远不像它们彼此和谐、相互构成对方的"说明"或"例证"时那样。

如果觉得小说和影片地位相等，可以相互评论对方，那么这种新奇的"研究客体"——**拍成电影的小说**——也许以某种相似的方式表现得非常强烈。无论如何，奥特曼的姿态——对钱德勒作品中的伤感以及对马洛莫名其妙地放纵男妓主人公明显厌恶——重新确认了情节本身的客观性，使它成为一个真正的客体，一种客观的想象，处于小说和电影两种文本之间，每一种文本都可以改变对共同客体的评价，形成对立的观点。其实，也许只有这样，电影改编才能坚守优质创新的信念：不是忠实地重复小说，而是让它"自身成为存在"，像海德格尔说的那样；尊重它的独特性和差异性，但把它转变成截然不同的东西，从而使两种作品分别独立地出现在视觉当中。沃尔特·本雅明有一种翻译理论似乎适合这里的情形。他认为，好的翻译不是塑造原始语言的对等物，而是表明这种翻译的**不可能性**，暗示出另一种语言陌生的根源和句法，以及它独特的、我们自己的语言无法达到的效果。最终，也许只有这样，电影和小说才能保持各自的自主性——通过它们共有的同一性之间的差异，这种自主性得到强化。

但是，如果小说和奥特曼的影片配对为我们提供了一个研究客体，那么与《长眠不醒》匹配的电影则为我们提供了另一个研究客体，而正是在这里我们会发现一些形式的提示，既涉及这一预想不到相对迟来的电影的可能性，也涉及它结构的独特性。这里另一种体系或类型可以明显地分离出来，它包含荡妇凶手的基本类型，妇女朋友、职业妇女，以及"胆小如鼠"的、羞怯的或乡下的类型（就像她从《高窗》到《小妹妹》的进化）。钱德勒小说情节的整个逻辑对这些"类型"的转换非常有用，这种转换很快，它们彼此混淆，相互取代，相互揭露对方表面下隐藏的真相。

但是，关于这些情节的动因也有"男性"版本，它们表达了同样的性意识形态变体——现在统称为"男性关系综合征"，男性抵制和害怕独立的妇女，而他们喜欢伙伴关系，喜欢把男人聚在一起，形成保护性的强大友谊——但在我看来，这种情况也投射出一种不同类型的形式效果。例如，我想到了厄斯特·布洛赫（Ernst Bloch）关于希望的学说，以及它的两种原型神话的或叙事的表达：埃及海伦的故事，以及希贝尔（Hebel）的小故事《意外重逢》（《意外重逢》也被 E. T. A. 霍夫曼及其他人用过）。在这些叙事里，似乎永远失去希望的心爱之人重又出现。在另一个海伦的神话里，显然她从未真正消失：特洛伊人只是为一种幻象而战斗，"真正的"海伦一直安全地待在埃及——因此，两种愿望仿佛同时实现了：一种是达到完美而后消除（实现、存在、满足），另一种是希望再被肯定、保持，在不断推迟特洛伊战争中得到满足。在希贝尔的故事里，一个矿工在婚礼当天死了；60 年以后，就在年迈的寡妇要进入自己的坟墓之际，新发生的滑坡向她暴露了她丈夫年轻的躯体——看上去毫发无损。

这一"世界上最美的故事"（布洛赫）及其痛苦的"幸福结局"，把一生、几代、整整一个历史周期压缩成一个关于愿望反思的传说，类似于神话故事的反思。在小说本身更从容也更适当的史诗部分展现这种效果，似乎会有计划地抛开实际经历的丰富内容，突然揭示它是一种表面现象。人们会想到《迷魂记》，或者不断在反转边缘徘徊的一种再现，这种再现坚持模糊性，不做安东尼奥尼执导《奇遇》那样的选择；但影片显然与呈现的形象有一种不同的关系，它能够在审美方面为这种"反转"付出较少的努力，因为"反转"很容易被看作一种纯粹的技巧。

正如我在其他地方提到的，《长眠不醒》是非常少见的一种叙事，它愿意为这样一种效果付出代价，并对它承诺实现大部分内容。钱德勒虚构的探查引起连环的凶杀和暴力，它们在这个世界上实际是正常的事件，但直到后来我们才发现它们是虚假的，与探查毫不相干，因为——例如《长眠不醒》——早在小说开始之前，或者早在开始追踪新血案之前，探查的对象就已经死亡并埋葬了很久。核心人物的名字在访谈及访谈突变中无处不在，但他从没有出现在我们以为他会出现的地方（或者我们第一次有机会当面看他时，他已经处在弥留之际，就像在《小妹妹》里那样），因此这种核心人物的戏弄是一种技巧，也许是整个形而上学的象征。

但我想说的是，《依依惜别》在各个方面都完全颠倒了这种结构。在前面的章节里，主人公意外地死去，于是我们、马洛、小说及其计谋必须在没有他的情况下继续，然后在这种确定不在场的特殊悲凉中出现了新的委托人。（我不禁想到，马洛离开他多次出入的那种典型的洛杉矶公寓，进入一种凄凉的境地——"一条路尽头的一座小山坡上的房子，长长的红木台阶通向前门，路边有一片不大的桉树林"——不可能与这部小说奇特的结局的气氛没有关系。）因此，返回——电影重放，它的人物重又出现在他们倒下的地方（没有留下多少痕迹）——并不是一种复活，而是揭示出已经在那里的存在，像是某种雄浑的泛音脱离了暂时沉默的乐队。这两部小说——第一部和最后一部——在某些方面呈现出现实本身的真正光谱，呈现出我们感知之间的距离或其现象，也呈现出它的不同层面的持久状态——《长眠不醒》里的空白或不在场，《依依惜别》

里的意外出场；但对小说中的大部分情形，我们自己更有局限的感觉器官都无法察觉。然而，特里·伦诺克斯的再度出现不再是一个幸福的结局，而《长眠不醒》里拉斯蒂确定无疑的消失却是一个悲剧的结局。也许毋宁说这是另一种讲故事的经典程式——对两部小说通用——它应该为最后这一注脚保留下来：与人物永别。"我再也没有见过他们任何一个。"

# 第三章　世界终端的藩篱

奥特曼对《依依惜别》结局的修改虽然使它本质上成为一个插曲式结构，但并未为我们解决《高窗》作为叙事形式失败的问题。《依依惜别》因其伤感的内容而被削弱，但这种伤感在分析早期小说中并不能援用。也不能认为《依依惜别》的结局——与标题同名、地位很高的主人公落得空空如也，没有战抖而是恐惧地"尖叫"——缺少力量，其实不论对解决迷局还是对叙事结论都不是没有力量。但封闭性和对总体性的感觉在形式上不同于结局和解决方案。喜欢反复阅读钱德勒作品的读者知道，他们反复阅读不再是为了破解迷局，除非对迷局的破解是一个新的开始。勃加特与豪克斯在拍摄影片《长眠不醒》期间争论的故事家喻户晓：深夜，喝了很多酒之后，在利多码头外海滨的别克船上，他们争论死者尸体的状况——谋杀、自杀或另外的情形？最后他们把钱德勒叫来，那时钱德勒仍然没睡，还在喝酒，他说不记得是什么情形。有时他刻意突出更困难的情节结构，使我们不相信它而把书扔开："'在那一刻，'我说，'你会看到真正的、基本的巧合，在整个画面中我唯一愿意承认的巧合。因为这位米尔德丽·哈维兰在一家河滨啤酒馆里遇到了个男人，名叫比尔·柴斯，出于她自己的原因，她与他结了婚，一起生活在小鹿湖'"，等等。(LL，XXVII，578) 在其他地方，很可能快速的情节转换使我们分心，造成我们不注意某些缺少动机或目的的插曲：例如，《再见，吾爱》里阿姆瑟和大麻烟的插曲（在迪克·理查兹 1975 年根据这部小说拍摄的电影里，被成功地改成了一个妓院和同性恋女人）。最后，正是因为这些插曲本身，我们才重读；就此而言，亦如在其他一些特征里，钱德勒普遍参与了现代主义的逻辑，倾向于使最小的片段独立自治（《尤利西斯》分离的章节只是这一过程最典型的标记）。但是，正如钱德勒写作单元规划仍然是亚文类一样，这种做法产生了意外收获，我们可以通过已出版的不同版本对同一形式的连续版本进行比较，它们与"伟大的现代作品"一样，没有以单独的"世界之书"的形式缝合成一个整体，而重复这种形式将成为文体风格而不是叙事。于是，我们开始一点一点地收集这些片段的类型（至少在四部早期的经典小说里；钱德勒的追随者对后来两部作品的这种或那种特征认识不足，但在那些作品里我们已经超越了原始形式的天真或自然运作）：我们把哈里·琼斯和乔治·安森·菲利普斯（无能的侦探）并列；或者把莱尔德·布鲁奈特和艾迪·马斯或艾利克斯·摩尼（招人喜欢的歹徒）并列；或者把范尼尔、马里奥特或雷弗利（帅气的男伴）

并列——这样形成一种新的、立体的阅读，其中每一个场景仍然冲击着我们的眼球，但隐含地标示一种几乎是柏拉图式的（而又是社会类型学的）终极部分，阅读的眼睛看不见它，只能凭直觉感知。

于是，这些侦探小说理想的读者开始想象如何对钱德勒进行概括，觉得他的作品像《四福音书》那样，每一本都有相互等同的插曲，通过同一性和差异性的最终辩证，投射出钱德勒主叙事原型的最初的经典版本。不幸的是，关于这种虚无原始文本的幻觉，或类似原子本身那样独立的插曲形式，最终并不是不可分割的——因为，当这种对观作品的编纂者向前追溯到低俗杂志的短篇小说时，也就是追溯到它们最早的版本时（按照事后的看法，那些短篇小说为钱德勒成熟的小说提供了真正的"现代感"，即把分离的片段缝合在一起，其接缝和转换构成审美生产最真实的轨迹），他发现类似原子统一体内部的电子和夸克，"原始"插曲本身独立自治的过程已经受到污染，因此自身分解成大量微型插曲。另外的解释也颇有道理——钱德勒"缺乏想象力"，把故事简单概括为几种插曲和人物类型，自己必须以各式不同的伪装不断重复它们——但是，持这种看法的人很可能不想再继续读当下的文字，因为本书的论点是，真正"缺乏想象力"的是他所处的社会，真正的局限是他的社会历史素材叙事。

然而，在钱德勒的小说里，在正式的、合乎情理的、更大的情节悬疑及其最后破解背后，为了发现作品这种微型插曲的维度，出现了两种新的、相互补充的探索方式。第一种在于对体系的探索，根据阴谋和行动的相互关系，人们期望对它的理解可以转移并取代随意的解释，但是，我们发现它们并不怎么可靠：这可能是一种共时体系，其中各种插曲或人物类型包含形式化的符号关系和相互对立。

伴随着脱离那种体系的计划，并且与这么做的成功率成正比，出现了第二种分析方式，它呈现出钱德勒情节构成的奇特性质。因为旧的因果逻辑（或者演绎逻辑）在这里明显被某种新的标准取代，以便处理难以把握的插曲，并理解支配插曲连续或替换节奏的美学。我已经提出，在历史或断代抽象的更高层次上，这种运作可能会重新融入现代主义最突出的形式问题，这就是创新和生产转换。但钱德勒的形式独具特色，有其自身的逻辑。

同时，在我们称作叙事封闭性这一最重要的问题上，两种探索方法汇合在一起，不论其在现代和后现代的命运如何，在这一时期的大众文化中都占有统治地位，并因为侦探小说本身的特殊性质而得到强化。（可以论证说，在任何情况下，对于更新的大众文化[①]的开放性和不确定性，系列侦探小说都是基本的展现方式；甚至这种方式也通过其消解和阻碍封闭性而一再重新确认封闭性的价值。）然而，正如我们已经看到的，钱德勒可能会说，就风格而言，他通过提供另外（更好）的、不同于读者期望的东西欺骗读者，由此反而使读者感到满足：关于封闭性的问题，也许情况有些类似，对侦探故事迷局的那种满足感实际上已经被其他东西取代——双重空间性的事件，我们将会在后面看到。

---

① 参见塔妮亚·莫德尔斯基（Tania Modleski）论肥皂剧那一章出色的表述，她认为肥皂剧是新出现的去中心叙事，载于 *Loving with a Vengeance*，Handen，CT：Archon，1982，pp. 90ff。

一

但是，封闭性的第一来源是叙事内容本身，其更深层的限制大多反映在时间性当中，而不是完美情节所包括和连接的范围：时间的封闭性在法语中比在英语里更明显，在法语里，通过对叙述和叙事的区分，这种封闭性被（纪德和其他人）理论化了，其中无法翻译的通用词叙述表示以经典讲故事的方式叙述事件，而这些事件在故事开始之前或叙述者发声之前已经过去并完成，它们在法语里通过更复杂的时态系统来表示，尤其对过去时态的运用，这种情形在英语里一般是看不见的，因为它无法与我们的一般过去时区分开来。但是，这一点——并非社会内容或文雅或暴力的区别——标志着从英国侦探小说到美国（硬汉）侦探小说这种更基本的普遍转换，就是说，英国侦探小说传统继续保持着经典结构，即开放的叙事（侦探的追查）与重构犯罪的封闭叙述是断裂和分开的；而更新的美国侦探小说形式，从开始在低俗杂志上出现，就对犯罪采取了双重的封闭性：一方面呈现侦探表面上对犯罪的追查，另一方面依据事实构成一个完整的冒险故事。

我认为，我们这里看到的——现在的困难是如何以后见之明理解一个原有媒介已经实际消失的未来——是无线电广播文化无处不在，它已经对其他文类和媒体产生了重大影响。确实，低俗或硬汉侦探小说与**"黑色电影"**通过**旁白**的方式陈述基本事实在结构上明显不同，旁白提前表明了有待叙述事件的封闭性，它明确标志着一种本质是无线电广播美学的有效存在，而这种美学在以前的小说或无声电影里没有任何对应的东西。在经典艺术故事里，对口头叙事或夸张的编造故事的模式（如在康拉德的作品里）的暗示是一种倒退，与这种新的可以复制的口头美学毫无共同之处（后者在奥森·威尔斯的作品里有最佳体现）。人们可以同时以生理学和心理学的方式探索其结构的特殊性（条件是它们要适当地历史化）：视觉总是未完成的，听觉决定同时形成的认识，这种认识可以用来构成无线电广播美学的新形式。20 世纪 30 年代的美学被以陈旧的方式理解为一种对现实主义的回归，反对现代主义冲动，反对在大萧条、法西斯主义和左翼运动时期新型的政治化。但现在需要根据当时最现代的媒体对 30 年代的美学重新思考，这种媒体的种种可能使布莱希特和本雅明非常着迷，不久之后还引发了阿多诺-霍克海默关于"文化工业"的悲哀看法。好莱坞的成功似乎把许多这样的美学发展融合成不加区分的一团，人们也许希望对它进行拆解，把"有声电影"看作最初的一种无线电影片。

无论如何，非常清楚的是，一般硬汉侦探的旁白，特别是马洛的旁白，提供了一种无线电广播的特殊愉悦，但它必须由事件的封闭性付出代价，并使小说的过去时与厄运和预感发生共鸣，表明侦探的日常生活带有冒险的可能。① 这种对语言的时间安排也产生了

————————

① 因此，无线电肯定是萨特说的那种，我指的是《恶心》（*Nausea*）里对叙事的经典讨论。*Nausea*，trans. L. Alexander，New York：New Directions，1964，pp. 38-40."你活着时什么都没有发生……但当你谈论生活时一切都将发生变化"，等等。Jean-Paul Sartre，*Oeuvres romanesques*，Paris：Pleiade，1981，pp. 48-50.

重要的推动作用，尤其是对钱德勒风格作品中福楼拜式的部分。但自相矛盾的是，它标志着精确修辞美学最后意外的发展。因为，正是最后颠覆了福楼拜对词语存在独特结合的信念，钱德勒最惊人的效果也才被理解："差不多像一片白蛋糕上的蜘蛛似的不被注意。"（FML，Ⅰ，143）这是对穆斯·毛利的表达——通过他高大的身躯和怪异的服装已经被确定——完全因为他是白人，周围邻居都是黑人，这就使钱德勒强大的种族主义的讽刺本能开始发生作用。（作为在政治倾向最不正确的现代作家，钱德勒诚实地发泄了他的种族歧视、性别歧视、同性恋恐惧，以及美国集体无意识里对社会厌恶和反感的东西；他强化这些令人不快的感情——但这些几乎无一例外地都是为了达到视觉冲击的目的，就是说，为了审美的目的而不是政治目的——描写诚实的警察和有良心的歹徒激发出同性恋和男伴关系的伤感，关于这点最明显的表达出现在《依依惜别》的情节里。）习惯使用反常明喻的钱德勒——其与无线电的关系也值得探究——与使用那种非隐喻的句子表达技巧的福楼拜都承认，感性知觉终究应该描写并以不可磨灭的文字记录下来：那些习惯于经常阅读钱德勒的人知道，在他的作品里有多少关于南加州风光的短暂经验被持久地保留了下来。①

　　因此，在这种作品的另一极端，我们发现从钱德勒的人物系统方面提出的封闭问题。在一些小说里，这些人物投射出一种卢卡奇

———————

　　① 例如，我喜欢那种今天可能仍然"描写"南加州的作品："高速公路上，流水似的汽车灯光形成实体般的双向光束。巨大的玉米脱粒机咆哮着往北滚动，上面悬挂着绿色和黄色的装饰灯。"（FML，Ⅸ，176）

式的"总体效果"，但不一定触及所有的社会学基础。而我们只能以回溯的方式对它进行重构，检验完成的小说所缺失的范畴。例如，下面写的是典型的美国中产阶级：

> 格雷森一家在五楼前面北侧。他们一起坐在一个房间里，房间看上去像是故意弄得落后了 20 年。家具上都铺着宽大厚实的垫子，黄铜制的门把手，形状像鸡蛋，墙上有一面巨大的镜子，镶着镀金边框，窗前是一个镶着大理石面的台子，窗户两边挂着深红色的长毛绒窗帘。屋里充满烟草味，空气里弥漫的味道告诉我，他们晚饭吃的是羊排和西兰花。（LL，XXⅢ，561）

但格雷森一家（"格雷森是个注册会计师，而且看上去丝毫不差"）实际上是钱德勒整篇小说里唯一的中产阶级家庭；他们在小说里是为了说明警察的问题，因为就财产和权力而言（他们的女儿被杀害了），即使是这些最实在的、值得尊重的普通市民，也不能指望得到警察的保护。至于工人阶级，同一部小说里的比尔·柴斯可以被视为他们"有代表性的代表"，但他是个跛子和酒鬼，经常打妻子，这就使钱德勒的问题更加明显：在寻求"值得记忆"和特殊事物的过程中，在记录打破常规、挑战平静社会秩序继续的过程中，在描写犯罪和冒险的过程中，他如何表现普通人的日常生活呢？事实上，钱德勒作品里的"下层"阶级不是贫穷的小资产阶级就是失业者，他们的灾难就是没钱。然而，在钱德勒的作品里，富人（在这部小说里金斯利除外，他是个商业经理）也不都是通常统治阶级中的正常人……

　　但是，在这一点上，我建议把现在必须实施的社会学调查与另一种不同的探索结合起来，这种探索从不同角度考察审美价值与封闭性或卢卡奇的"总体效果"之间的关系。我们已经提出，对钱德勒而言，使这种特殊探索可以例外地得到证实的，其实只是他最早的四部小说之一，这部小说通常并不被认为是其中最好的，但根据我们的总体观察，它包含一些在各个时期都是最好的、令人难忘的插曲。这部小说就是《高窗》，它的一些令人震撼的部分（伊利沙·莫宁斯达的办公室，乔治·安森·菲利普斯位于邦克山的公寓，范尼尔的房子）似乎并没有弥补作品不完善的地方。因此，也许值得尽力确定它为什么未能保持连贯的形式境遇，因为无论如何，在形式的境遇里安放插曲片段都是一种原则，而不是例外。

　　例如，默多克太太的房子可能远不及斯特恩伍德庄园引人注目，但在小说开始部分，钱德勒显然想复制《长眠不醒》叙事方式的突出效果（在《再见，吾爱》里，格雷尔的房子只是遥远地与之相似）。但是，默多克太太那种发脾气、喜欢喝葡萄酒的性格，只能非常勉强地比作斯特恩伍德将军的温室，无论如何，一座帕萨迪那的豪华房子（以及相当平凡的财富）无法与斯特恩伍德的石油钻机和军人前辈比肩（也许，在钱德勒的无意识里，一个专制的女性也不可能与一个专制的男性相比）。同时，正如我们已经看到的，对于《长眠不醒》里的那些裸体照片，布拉舍·杜博龙似乎倒退了，它以旧的铸造的价值形式代替了技术制作的形象，因此可能滑回到先前哈梅特那种更浪漫的叙事模式，包括它的猎鹰和诅咒。然而，概括地看，插曲仍然相同，它们表示对更有趣的富人的构想，类似于没收财产——他们像受伤的动物似的退缩到自己昂贵的住所里，寻求避难和保护（这种典型描述也适用于格雷尔自己以及他的收藏，即翡翠玉器和传奇"威尔玛"）。保持这种微观结构的关键是人物与背景之间的相对断裂和距离，或者毋宁说，如何根据那种断裂或张力断定人物类型。例如，与巴尔扎克不同，钱德勒作品中的住所并不直接表达居住其内的人物实情：住所在这里不是一种符号或表达的范畴①；或许最好质疑钱德勒这些极有特权的人物，尽管他们有大量财富，也应该怀疑他们是否能够以传统的方式居住。他们在房间里的生活方式非常不同，对社会序列的另一端而言，他们的方式等同于恐惧和脆弱。（对斯特恩伍德将军和默多克太太来说，这种方式是有目的的，分别因年迈无能和罪孽而理性地予以放弃。）

　　但是，我们现在必须颠倒前一章的程序，不是列举钱德勒这些不同房间的差别，而是从它们分离出单独的原型空间，使之能够代表人类的住所本身。读者可能已经想到，正是办公室本身，虽然在钱德勒作品里不是一个本体论的范畴，但至少是个可以容纳大量不同社会活动的地方，比我们通常理解的更广——确实，那种认为作品基本上与办公室空间相关的看法，其本身就是一种从社会学方面揭示阶级的标志。毫无疑问，伊利沙·莫宁斯达的办公室和办公大楼在这里最能说明问题：

① "住所"（Wohnen）表示一种与土地和存在的主动关系，虽然属于原始类型，但也是乌托邦类型。参见海德格尔的文章《建筑、住所、思想》（"Bauen Wohnen Denken"），载于 *Vorträge und Aufsättze*，Pfullingen：Neske，1985，pp. 139–156。

里面的办公室同样小，但放的东西更多。一个绿色的保险箱几乎占了前面一半。保险箱的另一边是一张沉重的旧式红木桌，它靠近门口，上面放了一些黑色的书本，一些翻旧了的杂志，落了很多灰尘。后墙上有个窗户，开着几英寸①，对屋里的霉味没什么作用。有个放帽子的架子，上面挂着一顶油腻腻的黑色毡帽。有三张长腿桌子，玻璃桌面，桌面玻璃下有许多硬币。在屋子中间，有一张笨重的深色皮革桌面的书桌，上面放着常见的办公用品，此外在一个玻璃罩下面放着一个珠宝衡量器，两个大的镶着镍框的放大镜，还有一个看珠宝用的目镜放在黄色的便笺上，旁边是一块破了的黄色丝手帕，沾了墨水污点。（HW，Ⅶ，351-352）

这些经验细节一方面记录了时代和疏忽（灰尘），另一方面也记录了一种特殊的职业（珠宝商等），但如果认为它们典型地表现了巴特归于现实主义的那种"现实效果"（巴特与有时反对再现的《泰凯尔》同事们不同，他满怀兴致地阅读现实主义作品），那无疑是错误的。巴特使现实主义去神秘化，把它变成一种现实主义的效果本身。② 如果巴尔扎克作品的客体世界旨在提供转喻的标示，类似野兽的窝或骨架，那么按照巴特对福楼拜描写的看法，这些就只能表示释放的信号："我们是真实的，我们是现实"——凭借它们真正的偶然性。这是因为这种细节（华丽的钟表、晴雨表）在行动中

---

① 1英寸≈2.54厘米。——译者注
② Roland Barthes，"L'effet de réel"，*Communications* 11（March 1968），pp. 84-89.

并不发生作用，不像巴尔扎克那种细节，它们不表示或表达任何东西，但它们能够代替现实本身大量的十足的偶然性。

但是，在钱德勒的作品里——不论这两种描写逻辑的某些方面多么经常地发生作用——还有其他的东西在发生作用，这种东西我只能说它是空虚的构建，或空洞的空间。不论客体意味着什么〔格雷森陈旧的家具，莫宁斯达或杰西·弗劳里安布满灰尘的废物，还有格雷尔高雅的住宅："漂亮的房间，浅黄色皮革做的沙发和躺椅放在壁炉周围，壁炉前面是光亮但并不滑溜的地板，上面铺着地毯，薄如丝织，像伊索的姑妈一样古老"（FML，ⅩⅧ，214）〕，它们都大致表明某个特殊类型的空间，这个空间可以是空洞的，也可以包括某种存在。例如，刚刚引用过的关于莫宁斯达办公室的描写，在它之后出现了"老人聚会"，他自己坐在总是转动的椅子里。钱德勒对这一特定办公室描写的作用，通过考察列举的细节单凭经验不可能发现是什么在发生作用；相反，它只能通过马洛的第二次造访来确认，这次造访揭露出本质的空虚，因为住在里面的人死了，死者现在变成了地板上的另一个客体。

实际上，马洛深夜返回，在改变了的条件下进行第二次造访表明，并不是罪犯特别需要这种再次确认，而是侦探和小说家需要再次确认，他们回顾亲眼看到的具体现实，通过在各种不同情境中反复观察（就像莫奈观察草堆那样），然后让它们作为形式实体强烈地呈现出来。例如，侦探与不幸的哈里·琼斯在**他**破旧的办公室的约会：

> 长方形的窗户没有窗帘，亮着灯，正对着我，书桌挡在中

间。书桌上一个盖着罩子的打字机很显眼，然后是连通门的金属把手。这个门没锁，于是我进入三连间办公室的第二间。雨忽然下起来，雨点啪啪地拍打着关闭的窗户。在雨声掩护下，我穿过房间。从开着的门缝里散射出一道扇形灯光，直通亮着灯的办公室。一切都很适宜。我精神紧张得像猫一样走到关着的门旁边，透过门缝向里观看，但什么都没看见，只有灯光照在木头角上。(BS，ⅩⅩⅥ，104)

更令人吃惊的是再次回到佛恩湖（Fawn Lake）的湖滨小屋的场景，它在心理或精神分析方面呈现出非常有意思的结构，即对重复的重复（第一次回来因地方警长的出现而感到吃惊，他躺在里面，在黑暗中等着马洛）。但就在那时，顽固的马洛又回去了：

离大门 300 码①有一条车道，上面零零散散有些秋天落下的棕色橡树叶子，围绕着花岗岩石块弯了过去，然后不见了。我顺着它弯过去，在碎石路面上颠簸了五六十英尺②，然后绕着一棵树把汽车转过来，朝着来时的方向停下。我把灯熄灭，关掉马达，坐在那里等着。(LL，Ⅻ，519)

我想把这一大致对等的情形用于一种结构演绎，它看上去可能是一次令人震惊的跳跃。它包含这样的看法：对于钱德勒的叙事安排，空空的凶杀小屋不是作为一个居住之地发生作用——即使它以前曾是居住之地，而是作为一个本身具有象征意义的办公室发生作

---

① 1 码≈0.91 米。——译者注
② 1 英尺≈30.48 厘米。——译者注

用——那些逃跑者的"办公室";例如,小说开头用假名的穆瑞尔·柴斯,以及结束时的金斯莱和最后的迪伽默本人。这种形式演绎的关键在于,它质疑通常对钱德勒作品中住所的看法或关于住所的"自然"观念;例如,它的长处在于以回溯的方式把我们第一个从属形式——富人的"住所"(斯特恩伍德将军的温室,格雷尔的玉石收藏室,默多克太太酒吧间)——转变成隐蔽和撤退的空间,在某种程度上更像是办公室而不是住房,甚至不是宿舍或公寓。由此在钱德勒的作品里对办公室本身的范畴出现了巨大的"形而上学的"或哲学的扩展,从而我们可以转到他的其他城市空间,检验它们与这个城市空间的异同,这种空间(会被记住)衍生于"人"与他或她之间最初的距离,换言之,衍生于从结构上对人物和空间住房之间那种"居住"行为一致性的质疑。

但是,在那一点上非常清楚的是,在叙事方面非常重要的第二组钱德勒先前的住所,现在明显也需要纳入办公室那种扩展了的象征范畴之下:这些是各种应招男豪华的私人住宅,从《再见,吾爱》里林赛·马里奥特隐蔽在海滨公路边上的住宅〔"那是一座很好但不大的住房,盐分腐蚀了的螺旋楼梯向上通到前门……(FML,Ⅷ,168ff.)〕,到前述意义上典型的、"重复造访"的住宅——《高窗》里范尼尔生活和死去的住宅(参见 HW,ⅩⅩⅨ,437ff.),以及《湖底女人》中在雷弗利的"住所"对它改变结构后的重复(LL,Ⅲ,480ff.;ⅩⅤ-ⅩⅥ,531ff.;ⅩⅩ,552ff.)——它们都包括我们称之为补充的或镜像式的"重复造访",类似于在《长眠不醒》里再次造访隔壁哈里·琼斯的办公室,进一步调查卡尼诺实施的谋杀。但是，十分清楚，这些指定的豪华私人住所应该被看作办公室，根据各种不同男性的生活来源可以有力地证明这点，因为他们利用这些地方会见有钱的女人，"捕食"她们：就此而言，在《长眠不醒》里，盖格的住宅也可以纳入这个范畴。（在钱德勒的无意识里，他强调男性同性恋和高级男妓之间奇怪的变化，似乎觉得男妓实践者总有某些"女人气"。）

然而，如果我们认为盖格的住宅——它本身像莫奈画的那些在不同天气下（从风雨交加经午后阳光到月光普照之夜）看到的教堂——在某些方面像个办公室，因为它也包括盖格的其他"工作"方式，即拍摄裸体照片以便用于敲诈，那么这种新扩展的工作衍生出另一个范畴，收获了许多新的合适的例子。其实，这些实际上都是制度上的空间，在钱德勒的作品里用于满足富人的（其他）"恶行"：不仅包括盖格"另外的"办公室、色情书店，而且更重要的是赌场和赌博一体化，在这种地方，他的各种女徒弟经营非法借贷，随之而来的便是敲诈——这种地方包括赛普莱斯夜总会（在《长眠不醒》里），它在《再见，吾爱》和《高窗》里的各种变体（前者的贝尔佛第尔夜总会，后者的艾迪·普鲁的埃德尔山谷俱乐部；埃德尔山谷俱乐部后来又在《依依惜别》里以另外的形式出现），以及战争时期《湖底女人》中伦敦风格的男性俱乐部——当时只能以此作为结构上的替代。但是，甚至在这种地方，在整个这种从属范畴里，在私人夜总会或赌场逐渐扩展成的由私人开发的、有自己大门和私家警察的完整封闭的飞地当中，我们都会看到某种类似重播（或用钱德勒的新范畴："回放"）的东西，即把住所反转成办公室的变化。此时，甚至更非法的需要立刻与这些地方联系起来，特别是毒品的来源：从相对属于上层阶级的医生的办公室（《再见，吾爱》里的阿姆瑟，《湖底女人》里的奥尔莫尔）到"海湾城"的毒品商店或"私人医院"，例如《再见，吾爱》里桑德伯格医生的医院，这种回动方式很可能把我们引到钱德勒各种旅馆更肮脏的大厅〔一种幽会空间与破旧住所的结合，例如旧金山的普里斯科特旅馆，这在《湖底女人》里有广泛的探讨和运用（LL，ⅩⅢ，523ff.）〕，这种地方迫使我们后转，在相当扭曲的阶级等级的另一端，在各种办公室或破旧不堪的住所空间里，进入贫困的小资产阶级下层。

〔对我们来说，这种转变实际上在盖格的非法转移中已经实现，盖格把他的色情照片资料室从位于拉斯帕尔马的书店转移到不幸的布洛迪那个位于兰达尔广场的公寓（BS，Ⅹ，32-33）。〕

正如前面已经提到的，《高窗》特别有意思，因为它所用的方法造成了这些变体的双重同一性，在伊利沙·莫宁斯达的办公室里，以及在乔治·安森·菲利普斯那个实际是邦克山凶杀房间原型的办公室里，住所再次成为典型失败者的所在，同时带有其私人和公共空间的烙印，真正实现了办公室的双重作用（他约定与马洛在那里会面）。

那种不怎么体面的、对贫困状况的奇特扩展，例如充满破旧的家具，到处是灰尘等，如果把它们用于钱德勒的各种警察办公室，不论这些警察是否诚实，那么非常明显的是，在结束这种特殊的结构系列时，我们会立刻再次进入熟悉境地，但它在这里发生了戏剧

性的、预想不到的变化。因为在结束这一系列办公室的描写之后，
最终我们必须面对的只能是马洛自己的办公室，其浪漫情调很难与
结构方式相同的独特人物区分，就像其他社会人物类型与他们特殊
的空间"一致"一样——这就是说，正如我们已经反复努力表明
的，他们和马洛也都与城市空间存在某种结构的距离。（换言之，
我们既没有巴尔扎克那种原始认同，也没有福楼拜-萨特那种纯粹
的偶然，我们只是以一种建筑语言代替个体人物的语言：钱德勒作
品里的这些"人"并不是它们的空间，就像钱德勒作品里的这些空
间不是"人物"或**行动者**一样。）

众所周知，关于马洛本人[①]，我们的观察是从典型私人眼光的
办公室开始的，即位于卡胡恩加大道 615 号的办公室，那是一个极
其空旷、满是灰尘的空间，没有秘书坐在通常必有的外间办公
室（那里只有寄来的账单），它原是个等候的地方（等候客户，等
电话，等你寄给你自己的信件和包裹），在这个地方，在钱德勒同
样典型的置换中，特殊情节被用作对城市或生态观察的一种掩饰或
结构的借口，意思是一个表示关系的窗户，通过它能够揭示洛杉矶
更深层的真实：

> 此刻外面天黑了下来。交通拥挤的嘈杂声缓和了一些，空
> 气从开着的窗户——还没有从夜晚凉下来——带来一天结束时
> 疲倦的尘土气味，汽车停了，墙壁和人行道上被阳光晒得泛

---

① 对了解相关场所非常有帮助的是《雷蒙德·钱德勒的神秘地图》（*The Ray-
mond Chandler Mystery Map*），1985 年由 Aaron Blake Publishers（1800 S. Robertson
Bldvd.，Suite 130，Los Angeles，California 90035）出版。

热，远处上千个餐馆的食物味道从好莱坞山上居民区飘下来——如果你的鼻子像猎狗一样敏锐，还会闻到桉树在热天气里散发出的奇怪的雄猫似的味道。（HW，ⅩⅢ，372）

根据我们前面描述的结构体系，如果发现马洛的住所（布里斯托尔大街上的布里斯托尔公寓，富兰克林大道和伦默尔大道交叉处的霍巴特旅馆）在这方面就像是他的办公室的延伸，并不令人特别吃惊。在此关键是，我们可以推演出一个重大的变化，不仅是钱德勒的叙事形式本身的变化，而且是历史和社会关系的变化，正是从社会关系里出现了关于他的内容的特殊叙事形态；就像在《依依惜别》里看到的那样，此时我们发现他已经从典型的城市公寓建筑转移到私人家里："那年，我住在劳瑞尔峡谷亚卡大街的一座房子里。那是一个山坡上的小房子，街道的一端是个死胡同，有长长的一段红木台阶通到前门，路边有一片不大的桉树林……"这是一个时代的终结：在这个时刻，马洛（与金钱）结婚和重回拉荷亚（La Jol-la）出人意外地变得可以想象。

## 二

我们在这里初步追溯的体系——我们的第一个，本质上是共时性的体系——现在可以延伸出两种新的评论，其中一种与封闭性本身相关，因为毫无疑问，这种社会总体性的特定"地图"自身就是一个完整的、封闭的符号体系：由于通过"办公室"的范畴统一起来，它的各种地位及反转都能以令人满意的方式涵盖广阔的社会体系：从富到穷和（在罪恶领域里）从公到私。诚然，这是对社会带有意识形态目的看法或者有相应法则的模式，它从战略上忽略或压制生产本身，以及坚持法律、一般主张和平的中产阶级。（但如果认为非意识形态的、"科学的"、充分再现的社会地图可以取代它，那将是错误的——按照阿尔都塞对意识形态的定义①，一切这样的社会看法都是意识形态的，虽然它们的政治价值甚或审美价值并不相同。）

但是，体系的真正封闭性现在自身出现了问题。迄今我们基本上遵循经典结构主义美学的含义，它倾向于把结构的系统性和审美价值合并，或至少把形式封闭和形式满足的审美效果合并：虽然没有任何人非常明确地论证这点（巴特在各种随意的评论中差不多做到了），但它的意思是，当作品或叙事能够涉及潜在符号体系的所有基础时，人们就会觉得它们是完整的；于是对系统性无意识地认知承认被转移到艺术作品的表面，并能够以这种或那种方式说它是一种完整形式，一件完成的东西。② 实际上，钱德勒早期的四部小说（只有《湖底女人》对历史有很少的修改）都涉及这些基础，就此而言，它们贯穿于钱德勒认知地图中的整个社会体系。

但那也恰恰是问题的所在，因为我们开始时认为（并非只是个

---

① 这里参照的是阿尔都塞的文章补遗："Ideological State Apparatuses", in *Lenin and Philosophy*, New York：Monthly Review, 1971。

② 关于对结构主义美学更传统的运用，参见我的 "Spatial Systems in *North by Northwest*", in S. Žižek, ed., *Everything You Always Wanted to Know about Lacan but Were Afraid to Ask Hitchcock*, London：Verso, 1992。

人的看法），尽管《高窗》的某些单个插曲又好又紧凑，但它的整体叙事明显不如其他三部令人满意。这部小说属于对其他三部小说同样发生作用的同一社会和符号体系，我们也一直想把它们的价值和审美效果归于那种体系，在这种运作中，《高窗》呈现的问题现在怎么解释呢？

　　显然，第一步是对我们论述的局限性进行批判，但它提出了一种双重批判，即经验主义的批判和方法论的批判。我们可以通过发现从前面体系中忽略了什么作为开始，但我们不应忽略，构建符号体系概念所用的方式本身可能在这里发生作用。在第一种情况里，可以想象构建并规划了另一个体系，它不可能与第一个体系完全一致，于是可以使《高窗》与其他小说的差别显现出来。在第二种情况里，对我们分析结果的不满可能使我们转向对符号学本身更一般的批判，而作为一个体系，符号学能够包括或加工一个统一类型中某些性质的素材，不论它们是最小的意义单位还是社会现实。这种对符号学的批判不会自动使批评家认定另一种类型的体系，相反，它以一种辩证的方式指出概念性或自省性、否定性、缺失性，而这些不会记载于本质是实证主义的符号记录上面。

　　例如，我想到《湖底女人》里一些真正奇妙的效果，它们很难通过我们提出的社会空间表示法来表达，因为它们产生于整个社会基本转变带来的冲击：不是产生于它们预想不到的关系，而是突然发现它们无法与之融合。举例说，在这个时刻，马洛离开了他发现尸体的佛恩湖，反而去探索旅游村庄和小屋，与当地警察长时间交锋，最后在圣伯纳迪诺的旅馆里审问肮脏邋遢的杂工，因为逃跑的犯罪嫌疑人可能在那里住过。次日，在海滨城（桑塔莫尼卡），他访问了一个我们提到过的那种男妓的奢华之家，在他家的街对面，是一个黑社会医生同样奢华的家（或"办公室"）。这种变化太不寻常，以致我们觉得是打开了一本不同的小说：有些像一种文类本体的中断，一种几乎是对社会的现象学替代，因此不能只是简单地从社会方面解释。例如，雷弗利曾经到过那个湖；金斯利一家的小屋——马洛去过——明显包含两个世界，很难说是城市还是旧时意义上的乡下，至多反映了旅游产业和工作场所之间的一种对立。不过，通常所说的自然在这里必须以某种方式发生作用，即使只是因为运用了山区的道路和溺水尸体的反常景象：尸体先是在水下反复地"起伏"，然后随着其他物体浮到水面［一块古老腐朽的木板突然冲出水面，凹凸不平的一端断了足足一英尺，然后啪的一声平落下来，漂走了（LL，Ⅵ，499）］，甚至结尾——在普玛湖大坝桥上守卫的士兵——也可以证明历史、自然和人类生产特殊的义素结合，而这在钱德勒的作品里是少见的。

在这方面，还值得回想一下这些小说里其他主题的结合情况，人们可能认为它们是纯美学的或纯形式的，但在当下这个语境里，它们通过一种纯社会类型学的结构，开始在我们面前呈现为对其他存在或现实秩序的坚持。这些是关涉彩色的主题，据此人们和他们的背景（维维安的"白色"公寓，"灰色"一直与艾迪·马尔斯相关）仿佛重新统一成隐喻性的**行为者**，其中人物和空间或家具之间的关系相对而言更具有机性，完全不同于前面描述的那种张力和切分的矛盾。这些结合为我们提供了前一章谈到的那种气象节奏的秘密，例如在《长眠不醒》里，许多确切而生动的征象表示天气从一个场景到另一个场景的变化，由此把内在的章节、室内的经验与整个洛杉矶盆地的气氛结合了起来。这里，同样可以发现一种不同的"总体化"在发生作用，它与整个情节本身毫不相干，与社会人物的体系也不相干，但它在现实存在中概括了某种更大的、不在场的自然统一体，超越了那种严守人类时间的一系列短暂的插曲。

无论如何，洛杉矶经常被认为是个不同类型的城市——未来阳光地带的大都会，预示着经典城市机构的根本变化，以新的结构方式融合现代交通媒体——因此值得考虑这种对"城市"的特殊运用（例如不像哈梅特的旧金山），它可能辩证地以不同的方式包括自然，摆脱旧式的义素对立。

迄今我们已经说过的一切表明，我们总想按照某个方案考虑钱德勒作品中这些形式的奇特性，它扭曲双重性，但仍然非常怀疑它们，它有计划地不把任何先验内容归于政治上预先决定的条件，如传统的主体与客体或文化与自然的二元对立。

至少有一种当代美学——海德格尔在《艺术作品的起源》①里提出的美学——能够提供把钱德勒的这种双重体系理论化的方式；如果在德国哲学和硬汉派美国侦探小说之间不宜建构某种联系，那么应该回想一下海德格尔文章中的"民族主义"色彩，它把所谓首创的"诗学"行为转化为可比较的哲学行为（揭开隐蔽的存在），还转化为政治革命行为（创建一个新社会，建构或发明全新的社会

① Martin Heidegger, *Basic Writings*, New York: Harper Collins, 1993, pp. 139 – 212.

关系）。但是，洛杉矶经常被赞扬或谴责为城市关系的一种变异，而钱德勒经常被认为是这个新型大都会最优秀的小说家，因此他的作品必然会提出艺术中集体或原政治方面的问题，这与海德格尔关注的问题实际上并没有多大差异，他的相当传统的例子（希腊神庙、莫里克的抒情诗、凡·高的绘画）也使我们得出这样的看法（最后通过哲学家对荷尔德林人物的认同，以更具启示的现代方式与集体身份、政治、风光和社会等结合在一起）。

无论如何，我们开始在钱德勒叙事里确定的两个体系，在海德格尔对艺术作品的解释中都有阐发。海德格尔认为，艺术作品从他所称的世界和地球之间的"裂缝"中形成（或在这裂缝之内形成）——为了我们自己的目的，我们可以重写他所使用的术语，一方面是历史和社会规划的维度，另一方面是自然或物质的维度（从地理或生态的限制一直到个人的身体）。海德格尔阐发的力量在于他所用的方式，按照它的方式，两种维度之间构成的裂缝不仅被保持了下来，甚至被系统地扩大了：这里的含义是，我们所有的人都同时生活在两个维度，即历史和物质的维度：既是历史的存在，又是"自然的"存在；既生活在历史规划赋予的意义之中，同时也生活在毫无疑义的有机生活之中。但反过来它又包含这样的意思：两个维度之间不仅无法达成哲学或美学的综合，而且"唯心主义"或"形而上学"还可以通过这种不可能的设想来限定，其逻辑替代的标志是删改历史及其对自然的同化，或者把一切形式的自然对抗转变成人类的、历史的条件。因此，对于海德格尔的观点，这种概念的神秘化或幻影有自己的美学和批评与之对应：在艺术作品的各种

"象征"概念里，类似的压制或掩饰策略在发生作用，其中自然化或人性化导致各种统一或有机象征的产生。于是，人们倾向于把海德格尔的美学说成是"讽喻的"，因为它拒绝象征统一的幻影，坚持作品本身内部构成的裂缝、鸿沟、距离或间断。海德格尔认为主体与客体的对立落入了"西方形而上学"范畴，丧失了存在，可以被理解为试图把世界与地球的断裂转变成某种更可操控的二元论。

从这种观点出发，不仅艺术作品不能用于修复我们存在中的基本"断裂"，即世界与地球或历史与自然之间的"断裂"，而且它的使命反而在于保持那种令人讨厌的断裂，在于肯定或最好呈现这两个领域之间的断裂。按照海德格尔所谈的方式，单是这种断裂就可以使它们每一个独立存在：第一次使地球或物质可以被感到其深刻的物质性，历史或世界被感到其全部的历史性。因此艺术作品的功能是打开一个空间，在这个空间里，我们自己被召唤生活在这种张力**之内**并肯定它的现实。

然而，海德格尔的例证——视觉的、建筑的或抒情诗的——并没有清晰地说明小说或叙事如何能普遍地按照这种解释来打造，也没有说明它们在对单个文本的实践批评方面会产生什么作用（即使能够产生小说作为形式的某种"规范的"美学）。我认为，恰恰是对于这一任务，钱德勒的小说极具启示性，因为阅读它们必须在两个体系和两种"同位性质"（或注意层面）之间反复转换，而这些体系和"同位性质"是事先给定的、不可调和的，因此它们一般只能相互**轮转**（轮换）。但是，不能简单地认为这种轮换是两个社会的世界之间的轮换，例如佛恩湖的世界对海湾城圣奥泰尔的世界。

不过，这还不是重新构想海德格尔那种"断裂"的一种令人满意的方式，因为按照他最初的说法，张力的两个方面都要从一个方面提供给我们，而在我们的翻译里，地球的对立项是世界，它的延伸跨越了断裂并使它回归一致。

海德格尔在他触及艺术客体本身时运用了他的那种对立，可以为摆脱上述困境指出一条道路。他告诉我们，正是客体的物质性，比如语言的响亮程度、大理石的光滑度或润滑的油彩厚度，标志着其中的地球部分；同时它也是作品的符号特征，并在作品中与世界本身共享意义和富有意义——在诗里可以复述的东西，建筑的功能、绘画模仿的客体等。这里的关键以及海德格尔独特的东西是，地球和世界之间的对立被认为最终不可减少，不论彼此在对方当中有多大影响，也不论在斗争中哪一方占有多大优势。因此，艺术作品虽然在博物馆那种世俗的地方展示，并且被纳入社会和世俗的关系网——艺术作品的销售和投资，解释和评估，教育，传统，神圣的引用——但它本身必然总是以某种令人愤怒的方式超越所有世俗关系，呈现出世俗元素中最终的、不可减少的物质性，这种物质性不可能变成社会的，其世俗色彩也不可能完全成为人性的。非常清楚，艺术作品作为类似纯空间的一种陨石——从太空坠落的流星石，占据一个地方，可以测量大小，衡量轻重，能够被身体感官接触——永远不可能完全处于惰性状态，犹如诸多东西中的一件东西。其实，颇有反讽意味的是，海德格尔美学的这种原始对立可以理解为拒绝基本的哲学二元论，但同时又承认它们不可避免会持续存在：世界的意义暗示着多种唯心主义，在这种唯心主义里，现实被认为已经成功地、一劳永逸地同化为精神，而地球的抵制则标志着各种唯物主义的复兴，它们力图通过富有意义的文字展现物质现实中意义的脆弱感。因此，希望回避唯心主义或唯物主义意识形态束缚的本体论，且要实现自己的愿望，它就只能预示两者不可避免的诱惑，在无法解决的永恒张力中使它们相互对抗。

因此，我们将根据海德格尔的观点提出，那个世界应以另一种术语理解为历史本身，就是说，理解为行为和努力的总体。由此，自从人类文明开始以来，人类一直想从他们环境的局限和约束中生产意义。同时，地球意味着那些环境中一切没有意义的东西，暴露出纯物质本身的抵抗性和惰性，并一直延伸到人类的命名，如死亡、偶然、事故、不幸或限制等。关于海德格尔的方案最独特的方面就是坚持，不仅因为现实的这两个"维度"根本无法相互比较，根据任何一方都不可能彼此发生关联，而且因为哲学和伴随哲学的美学，甚至还有政治学，现在也必须找出自己特殊的使命，不是要掩盖差异或使之神秘化，也不是通过理论阐述抛开差异，而是要强化并保持两者之间的差距，使之成为无法解决的张力的最终境况。（我没有用"矛盾"一词，因为它常常使人产生错觉，仿佛它承诺以唯心主义的方式来解决其中的张力。）

这就是关于艺术作品如何形成的看法，艺术作品不是为了修复断裂，甚至也不是为了平复我们存在本身无法治愈的伤痛，它表明历史和物质或世界和地球之间的鸿沟。伟大的或真实的作品（因为海德格尔的美学，本身就像是一种美学体系，必然包含一个时期的标准），其使命在于保持两个不可通约的维度处于分离状态，使我们在它们惊人的互不兼容当中同时看到它们。换言之，按照其不可缩减的物质性来理解地球或物质，特别是在根据意义和人类及社会事件的维度来思考它们；按照其最基本的历史性来理解世界或历史——甚至在我们以为是缺少活力的自然或非社会景象的地方。对阿多诺而言，尽管这种美学关联非常陌生且令人生厌，但他在另一种语境中恰当地抓住了这种在张力中交替的实质。他提出，我们要不断使哲学和历史陌生化，从自然历史方面考虑它们；不断使我们对自然历史的实证主义印象去神秘化，再次通过历史主义和社会的方式考虑它们。但是，在海德格尔的论述里，至少在列举艺术作品的这些特殊实例里，异化变成了一种闪光的共时性，两种互不兼容的维度可以暂时共存。

　　然而，钱德勒作品里的断裂，如果我们能够确定一个，肯定不会呈现出非常和善的面貌，就像人性或社会性戏剧开始便展示本质的自然风景，因为那种风景本身已经通过城市建设过程充分人性化了，另外，我们发现在钱德勒作品里发生作用的社会体系已经注意到对自身进行空间表达，所以人物类型至少已经是建筑和园艺的风格，且与独特的邻居甚或生态〔雷纳·班汉姆（Reyner Banham）如此称呼它们〕相联系。实际上，最令人感到压抑的人性或社会性是旅游业本身，因此我们为佛恩湖设想的那个独特现象的"世界"不可能与其幸存者有多大关系，犹如纯自然的和非人类的，反对隐蔽的人类街道、职业和感情构成的那种世界。然而，在另一种意义上，佛恩湖又像是线路的终结，不论作家还是其作品中的人物都不可能超越，表明以某种方式超越它的道路结束了。这里我们也想回顾一下《再见，吾爱》同样令人难忘的结尾，它也以距离或空间语言表达，似乎想通过取消道路来超越它："那天，天气凉爽，空气非常清新。你可以看得很远——但看不到威尔玛去的地方。"（FML，ⅩL，315）不过，佛恩湖与死亡的联系并非因为"我们到达道路终点"这句话；恰恰相反，正是因为空间的奇特性和复杂性，死亡的主题才赢回这种召唤的力量。

钱德勒的《高窗》是一部形式上相对失败的小说，在这部小说里，自然或这种"道路的终点"消失了。此时如果从它转到钱德勒最好的作品，我想会产生某种启示。

《再见，吾爱》是钱德勒最含混也是最浪漫的一部小说。它提供了一个适宜探究的场合，在列举独立和特殊的插曲中，探究是什么超出了社会类型学体系，即我们从四部小说相互叠加概括地抽象出来的那个体系。它有富人的空间（格雷尔一家，但肯定不如在《长眠不醒》和《高窗》里展开得那么充分），以及贫穷和边缘人及事物的空间（杰西·弗劳里安的房子）；它包括一个花花公子令人难忘的别墅，那个位于盖格家和各种男妓住所之间的马里奥特的别墅；还有通常赌博的赌场、几个独特的邪恶之窝（阿姆瑟奇怪的现代主义住所和桑德伯格的"医院"）以及几个警察局——有些警察还访问过马洛的办公室。但是，钱德勒此时想换一个领域，虽然并非总能成功；关于安娜·理奥丹的插曲尚未解决却引入了一个可能是伙伴关系的浪漫插曲，但直到马洛结婚，钱德勒一直再没有提它。同时，在这个插曲里，马洛几次被击倒，一次被击中脑袋，一次被药物击倒——迪克·鲍威尔（Dick Powell）在他的影片中令人难忘地利用过这件事（《谋杀，我的爱人》，1944年，爱德华·迪米特里克执导），但与他通过配音方式使之清醒过来的高昂费用难免有点矛盾。其实，我认为，我们在这里可以发现自己面对着第一条线索：在极少试图把无意识纳入叙事时——有意识观察的另一面，仿佛是一种署了名的"观点"——钱德勒一般都小心地与冒险模式拉开适当的距离。[按照那种模式，例如在迪克·弗兰西斯（Dick Francis）的作品里，主人公经常受到毒打、折磨和追逐等。]

还有另一种情况，其中这样一些时刻——模仿死亡本身，有意识的或命名的人物触及自己的末日或灭亡——对它们出现的空间发生某种作用。桑德伯格的"医院"肯定不是以隐喻的方式处于世界之外，但马洛第一次无意识的活动甚至更有意思。它实际上发生在道路的终点，在一条未建成的街道尽头，马洛和马里奥特约好与窃贼相见，因为窃贼提出把格雷尔的翡翠镯子再卖回去。这地方叫普里西马峡谷，其标志是在铺好的街道尽头有"一个$4\times4$英尺的白色木隔栏"（FML，IX，176）；这个白色的木隔栏（有些像安东尼奥尼的影片《放大》里那种令人难忘的木栅栏）既不是象征，也不是偶然的现实效果，既不是表达的符号，也不是社会的标记，毫无疑问，它是钱德勒作品里最迷人、最神秘的东西，好像以某种方式标志着世界本身的终结。

但是，如果这是我们寻找的东西，那么《再见，吾爱》的任何读者都知道它最有力的形式在于小说的其他地方——在于戏剧性地结束赌博船上的一系列事件，这些船停泊在法定的三英里范围以外，在面对海湾城的开放海域。这些船——流动的巨大赌场——实际上远离了洛杉矶，但人们在钱德勒的作品里很少看到这种情况。[除了在后两部小说里，我们分别停在了堪萨斯（《小妹妹》）和墨西哥（《依依惜别》）。]

> 水上飘来轻柔的音乐，水上的音乐永远优美迷人。"皇冠号"有四条锚链固定，像码头一样平稳。它的栈桥灯火辉煌，仿佛剧场里的灯光。然后，这一切消逝到远方，另一条旧的小船从夜里溜出，朝我们驶来。这条船没什么好看的。它是由一条海运船改造的，船板很脏，还生了锈，甲板以上的结构全部拆了，只剩下两个短粗的船桅，勉强可以用作无线电天线。"蒙特西托号"船上也亮着灯，音乐飘过潮湿黑暗的大海。抱在一起亲吻的情人分开，看着船咯咯发笑。（FML，XXXV，286）

诚然，船上的社会关系与我们前面谈到的那些并无多大差别（布鲁奈特在这里代表钱德勒那种心地善良、讨人喜欢的歹徒类型人物），但马洛有些冒险地到来带有危险旅程的所有神秘性质，他去到另一个领域或世界，而在本质上是城市作家的钱德勒的作品里，大海本身闪耀着所有那种矿物似的魅力，那种基本上是非人的、冷酷的甚至是非自然的神秘性，不了解大海或生活在非海洋文化中的作家一般也都有这种感觉。这就是说——特别是如果我们不把洛杉矶想象成一个港口城市（与哈梅特的圣弗朗西斯科不同，圣弗朗西斯科非常热情地欢迎"帕罗马号"的到来）——海洋元素在这里不属于叙事的世界，不是其符号体系的一部分，而是叙事之外的东西，是消除关于其叙事的东西。对于这种难以想象的船的外面，我们需要一种更强烈的否定（我们自己只能从船内部看外面，把它作为一个完整的世界，但对我们确实**没有**限制），尤其是因为其内部体系由许多不同的否定（诸如相反和矛盾之类）构成；而人们对此想说的是，否定和肯定一样，全都被卷进混乱的义素存在，它们也是这种寒冷的外部领域拒绝和抛弃的东西。这里也并非真正值得提出**他者性**一词，因为这个词再次强烈地肯定它与物本身的神秘的内在关系。海洋在这里也失去了他者性；人们很容易把它与死亡相联系，因为威尔玛没有去任何地方和空间，早期小说中的长眠不醒在这里沉沉睡去。可是，甚至这一点我觉得也是一种感伤，它把内在世界的内容归于一种不存在的空间，这种空间的真正功能——同时是反符号的，然而又是诗意的——恰恰是恢复死亡一词的活力，使它获得一种独特的、萦绕于心的钱德勒的情调。

换言之，在钱德勒的作品里，死亡本身犹如一个空间概念，一种空间建构；如同自然，在它最远的边缘——向下凝视佛恩湖不寻常的深处——它触及存在本身的外在边沿。因此，我们在这里发现第二个体系或维度在发生作用，它与第一个社会符号体系相互协作，但它们同时又处于张力之中。最后这点把人物及其住所组织成一张关于洛杉矶的认知地图，人们可以看见马洛进行劝说，按下多种社会类型人物的门铃——从大型别墅到邦克山堆满杂物的房间或第五十四号大街西区。但这个维度——在海德格尔的语言里是"世界"层面，在钱德勒的语言里是叙事——没有根基，也没有反响，除非它依托于那个更深层的反体系的自转缓慢地循环，而在钱德勒的作品里，反体系本身指地球自身的体系，它可以包括空间和"自然"，但必须以自己对全球的否定超越并掩盖它，从而与外部限制的非空间，即世界尽头的白色木栅栏结合起来。

回想起来，我们也可以在《长眠不醒》里以追溯的方式发现这一最终的维度，它不仅存在于石油钻塔上——在这个社会世界里，钻塔标志着前历史的自然与英雄政治历史断断续续的痕迹之间的接缝。在拉斯蒂·里甘（Rusty Regan）对个人退休账户或将军对墨西哥战争先驱所做的事情之后，这个社会世界似乎处于软弱无能的残存状态，在自己的腐败中滋生了多种形式的罪恶（但在钱德勒的作品里，这是最后一次听到这种特殊挽歌的情调）。人们不能接受这种叙事的奇特形式，因为它看上去是断裂的，笨拙地分成两半，而此时对艾迪·马斯妻子的追寻突然代替结束了盖格的问题，除非此时我们看见藏着逃亡者的车库本身是另一个这种位于**存在**边缘的地方。

里利托东面约一英里，一条路转向山麓丘陵地带。那是南面的橙县，北面光秃秃的，像地狱的后院；丘陵上面有一种带毒的植物，那地方的人用它来熏蚊子。离公路不远有一个车库，还有一个油漆店，经营者是个年轻人，名叫阿特·哈克，偷得的汽车可能丢在那里。远处有座带围墙的房子，房子之外只有丘陵，露出地面的石块以及那种带毒的植物，绵延差不多两英里。这就是她被截住的地方。他们在这条路停下，乔掉过头又回去了，我们看见汽车在带围墙房子的地方离开了公路。我们在那里坐了一个小时，看着汽车驶过去。没有人再回

来。(BS，ⅩⅩⅦ，110)

实际上，关于钱德勒的作品，另一种探索方式可能会在这种内转空间和断断续续的罪恶观之间构建某种联系。（因为他对侦探故事修改的原始特征是，他写的犯罪没有坏人，或者你可以说，坏人是社会造成的——警察的腐败——而不是传统意义上那种反社会的人。）但这里，在偏僻的车库里，我们发现了更邪恶的卡尼诺，他毒死了哈里·琼斯，并准备折磨死马洛；但是，他的作用最终不是为我们提供一个坏人和一种罪行，相反，像空间本身那样，而是作为绝对的他者，作为对真正人类内心世界谋杀的否定，即对里根总统的枪杀（实际上也是整篇小说里另一种暴力犯罪的根源）。同时，至于自然本身，仿佛偏僻的公路还不够充分，于是钱德勒按照其他章节的气象学思路，使它淹没在倾盆大雨之中，从而使内陆恢复水的元素。在这些小说里，水表示非人的、物质的轴心。

其实，我认为，正是在虚空里，在非人的空间里，在死亡里与非**世界**相通，与它的边缘和终点相通，才是钱德勒叙事的最终秘密。因为他的典型形式的最终要素是，潜在的犯罪都是以前的事，差不多快忘记了，一般发生在人物的过去，作品尚未开始。这也是读者注意力偏离它的主要原因：读者假定它是当下维度的组成部分，在小说直接叙述的世界里是眼前正在发生的事件。实际上，它埋藏在那个世界的过去，埋藏在时间里，在难忘的《长眠不醒》结尾所召唤的死者当中。

于是，突然之间，钱德勒结构公式的纯理性效果被隐喻化成毋庸置疑的、高度的美学。从抽象好奇的观点出发，我们可能期望读者产生一种不会完全混淆的反应：对迷局的解决感到满意，对通过大量无直接联系的材料造成被误导感到愤怒。在审美层面上愤怒仍然存在，但被改变了。

现在，小说的所有事件最后都是从一种新的、令人压抑的角度看到的：大量精力和活动被浪费在去发现实际已死去很久的人，而对这个死者，当前的时间只不过是身体缓慢分解的过程。突然，想到那种分解，想到消失很久的人无谓地没有身份，只有名字，生活本身、当前的时间、外部世界繁忙的活动等表面现象完全被揭开了，在那些地方我们感觉到明亮阳光下存在的坟墓，现时逐渐变成布满灰尘的、曾经生活过的时刻，并在过去多年的旧报纸档案里很快找到它的位置。于是，我们在形式上注意力的分散最终服务于它的基本目的：通过使我们偏离传统上侦破案件并使罪犯重新做人的目的，它能够不做警示而使我们直接面对死亡的现实本身，陈腐的死亡，但可以提醒活着的人注意美国正在腐朽的社会。

# 附录
## 乌托邦作为方法或未来的用途 <sup></sup>*

一

通常我们认为乌托邦是个地方，如果你愿意，也可以说是看似一个地方而并非一个地方。一个地方怎么能成为一种方法呢？这就是我想让你们面对的问题，而且可能有一个容易的答案。如果我们历史地考虑新的空间形式——例如新的城市形式——它们很可能为城市规划者提供新的方法，而在这种意义上，地方就构成一种方法。例如，洛杉矶的第一批高速公路，人们把一种新的升高的高速

* 本文是詹姆逊 2007 年春天在美国耶鲁大学的公开演讲稿，曾经作者授权发表于《马克思主义与现实》2007 年第 5 期，注释部分略有删节。作者詹姆逊为美国杜克大学比较文学和批判理论讲座教授，译者王逢振为中国社会科学院外国文学研究所研究员。——译者注

公路系统叠加在旧的平面街道系统上面：这种新的结构的差别本身可以被认为是一种哲学概念，也是一种新的概念。由此出发，你可能会重新思考这个或那个旧的城市中心，或者更进一步，这个或那个有待发展的阳光地带及其连接。于是，有一段时间，洛杉矶的概念就是现代；它是不是乌托邦的完全是另一个问题，但很长时间，对于许多不同的人来说，洛杉矶也确实是一种乌托邦。布莱希特（Bertolt Brecht）是这样评论好莱坞的：

> 好莱坞村是按照这地方人们
> 心里的天堂概念设计的。在这里
> 人们认识到需要天堂和地狱的上帝，
> 不需要设计两种住所，只需要
> 一种：天堂即是。它对于
> 不富裕、不成功的人
> 就是地狱。①

这是一种真正的辩证、真正的对立统一！这个乌托邦像所有其他的乌托邦一样，也许一开始根本就不曾存在，在这种特殊的乌托邦里，是否有可能理清否定和肯定的方面？这正是我们这里要讨论的问题；但在讨论之前，我们需要进一步做些准备工作。

对于前面的例子，即一种新型城市为其他未来新型城市的建设或组织树立样板，其基本依据是我们不再相信进步是可能的，例如

---

① John Willett and Ralph Manheim，*Poems 1913 - 1956*，NY：Methuen，1976，p. 380.

城市可以改进。于是"什么是乌托邦"的问题便与现在已成传统的、备受批判的资产阶级进步观念相一致，并因此含蓄地与目的论本身相一致，与宏大叙事和总体计划相一致，与一个更好的未来的观念相一致——这个未来不仅依靠我们自己实现它的意志，而且在某种程度上是事物本身的性质，是深层存在的可能性和潜力，它有待于释放出来，并最终会幸运地出现。但是，是否还有人相信进步呢？即使按照我们的例子限定于空间领域，是否建筑师和城市规划者仍会激情地为乌托邦的城市工作？毫无疑问，乌托邦的城市是现代主义的主题：人们会想到从勒·考比西埃①到康斯坦、从洛克菲勒中心到纳粹或伟大的苏维埃计划的每一个人。在更低的层次上，人们会想到城市的更新或罗伯特·莫塞斯②。但现代主义已成过去，我的印象是，后现代的城市，不论西方还是东方，北方还是南方，都不会鼓励进步甚至改进的思想，更不用说旧日的乌托邦想象。这种看法的理由是，后现代的城市似乎处于永恒的危机之中，好像只能被看作一种灾难而不是机会。就空间而言，富人正在迫不及待地退到他们装了大门的社区和严加防护的围墙之内；中产阶级不知疲倦地忙于以新开发的同样的住宅掩盖自然的最后痕迹；而从以前的乡村涌入城市的穷人则在临时性的郊区不断膨胀，人口激增，无法抵制，用不了几年，世界上最大的十个城市将不再包括第一世界的大都会。一些过去的伟大的反乌托邦作品，曾集中描写当

---

① 勒·考比西埃（Le Corbusier），法国建筑大师、城市规划家和作家，现代建筑的旗手，钢架玻璃建筑的开创者。——译者注

② 罗伯特·莫塞斯（Robert Moses），美国城市规划家，建筑设计师。——译者注

时公认的人口过剩的梦魇；但那是现代主义的梦魇，而我们今天所面对的也许不是反乌托邦的，而是以一种相当不同的方式实际经历的东西，带有真正的后现代的模糊性，它俨然排除了进步或解决的可能。

实际上，只要想想今天对人类生存的四大威胁就足以说明问题——生态灾难；世界范围的贫困和饥饿；全球范围的结构性失业；似乎无法控制的各种武器交易，包括激光制导导弹和无人驾驶飞机。只要想想这四种威胁的趋势（导致传染病、警察国家、种族战争以及毒品交易），就足以使我们认识到，在这些领域的任何一个当中，世界上任何地方都没有真正有力的对抗力量，当然在美国也是没有的，因为美国本身就是造成大部分这些威胁的原因。

在这种情况下，真正的乌托邦想象的最后希望，乌托邦预见美好未来的最后努力，都成了相当反常的东西。我的意思是指所谓的自由市场基础论，它抓住全球化的时刻，预言世界范围不加控制的全球市场会带来全面发展，具有奇妙的产生奇迹的力量。但这曾是一种乌托邦，依赖于亚当·斯密看不见的手的无意识的运作，它与乌托邦的"有意图的社会"的极端意识明显不同，人们对它的普适性的灵丹妙药进行疯狂地赌博，而且世界上大部分的人都急于获得这种灵丹妙药。这种正在消逝的乌托邦的努力，尽管从经济到政治不断改变它的规则，把市场自由变换为民主自由，但它并没有恢复多少力量。就此而言，作为一个政治口号，乌托邦的旗帜已经传到了批评家的手上，传到了自由市场全球化的敌人的手上，对于所有想象另一个可能的世界的各种新的政治力量，它已经变成了团结一致的呐喊或"空洞的能指"①。

然而，空洞的能指远远脱离了从柏拉图和莫尔以降我们所熟悉的那种乌托邦想象，因此这里我也许应该谈谈我的论乌托邦的著作《未来考古学》。本文即使不是对那本书的补充，也可以说是对它的重新思考。那本书可能聚焦于其读者会认真思考（假如不是令他们厌烦）的东西，不仅反复强调乌托邦的形式而非内容——表面看似乎属于正常的文学批评，尽管这么看令人悲哀——而且有另一个更容易抓住不在意的读者的主题，这就是它反复强调乌托邦之重要不在于它可以正面想象和建议的东西，而在于它无法想象和难以想象的东西。我认为，乌托邦不是一种表征，而是一种作用，旨在揭示我们对未来想象的局限，且超越这种局限，我们似乎再不能想象我们自己社会和世界的变化（除非是反乌托邦和灾难方面的变化）。那么，这是想象的无能，还是对变化的可能性的根本怀疑，不论我们对理想的变化的想象多么诱人？这里我们难道没有触及所说的犬儒主义的原因，而不是我们的未来感的贫乏或者乌托邦冲动本身的消失？由于犬儒主义的概念已经远远超出了皮特·斯劳特戴克（Peter Sloterdyk）多年前提出时的意义，所以它的特征可以说有些像是政治冷漠的反面表现。它知道我们社会的一切，知道晚期资本主义一切错误的东西，知道这种制度的一切结构性的毒害，然而它不表示愤怒，而是表现出明显的无能——不一定是坏的信念。

① Ernesto Laclau and Chantal Mouffe, *Hegemony and Socialist Strategy*, London: Verso, 1985.

它既不可能受打击也不可能被诽谤中伤，就像市场体制早期阶段特权阶层可能遭受的那样；而对这种制度的揭露，对它的分析以及它在光天化日之下所展现的功能，也不再促使它进行批判或形成批评的动因。所有这些我们也可以从意识形态方面来讨论：如果意识形态这个词当前遇到困难，也许是因为在某种意义上不再有任何错误的意识，不再需要以理性化的理想主义或利他主义来掩饰这种制度的作用以及它的各种计划，因此暴露这些理性化的问题，以及揭穿它们的基本姿态，似乎都再无必要。

于是乌托邦的消逝便成了所有这些发展之间的一种结合：历史性或未来感的削弱，深信不论多么期望变化也不可能再有根本的变化，还有因此而出现的犬儒主义的观念。对此我们也许可以加上自第二次世界大战以来资本过度积累的绝对力量，这种力量维护着资本主义在各个地方的地位，同时强化着它的机制和它的武装力量。或许我们还应该援用另一种不同的因素，一种心理适应的因素——就是说，无处不在的消费主义本身已经变成了一种目的，它正在改变发达国家的日常生活，而它的方式表明，由多种欲望和消费构成的乌托邦主义在这里已经存在，无须再增加什么。

关于我们想象乌托邦的能力的局限，以及我们再不能展望未来的现时的情况，暂时就谈这些。但是，如果说乌托邦的表征今天已经在各个地方消失，这种观点显然是错误的。我在书中所做的另一个重要的批判表明，我没有尽到一个乌托邦主义者的责任，因为我漏掉了那些仍然存在的乌托邦的想象，这些想象大部分集中于反共产主义或后共产主义的信念，即认为小的就是美的，甚至认为发展并不是理想的，社区的自我组织才是乌托邦生活的基本条件，即使对于大规模的工业，首要的东西也是自我管理和合作。换句话说，乌托邦主义的本质不是独创的经济计划（例如取消货币），而是集体本身，社会联系要比个人主义和竞争的动机更加重要。

20 世纪 60 年代（和 70 年代），伟大的乌托邦倾向于从种族和性别方面展现这种想象：因此在马吉·佩尔西（Marge Peircy）的《时代边缘的妇女》（*Woman on the Edge of Time*，1976）里我们看到了令人难以忘记的男性乳房喂养的形象，看到了（在厄秀拉·勒奎恩的作品里）最早的美国人村庄的理想。后来，在一个不同的历史时刻，在 1981 年法国社会党取得选举胜利的时刻，我们看到了雅克·阿塔利（Jacques Attali）自由的集体工具车间的形象，在那里，每一个邻居都能找到修理、重建、改变空间的原料；还有周期性的节日，它们像在卢梭的作品里那样，再次肯定了集体本身的计划。同时，在我们自己的时代，随着无政府主义的复活，对于工人们自我管理的各种生动的再现恢复了对这些问题的阶级意识，激活并强化了政治行动。

对这些飞地式的乌托邦进行政治否定是不合适的，因为它们总是受到它们周围的私有企业和垄断霸权的威胁，受到分配制度的摆布，更不用说还受统治的司法制度的约束。这里我想谈谈革命的抒情诗这一文类：实际上，在威廉·燕卜荪（William Empson）的《田园诗种种》（*Versions of Pastoral*，1960）里，他走了很长的路才把社会主义现实主义吸纳到这种形式中来。鉴于其中所描写的牧羊的男女，乡村的恬静和满足，这种形式似乎在资产阶级时期的文学里已经完全消失。威廉·莫里斯（William Morris）把他伟大的乌托邦作品的副标题定名为"休闲的时代"。在审美层面上，这确实是田园诗作为一个文类展现的前景：摆脱了真实社会的巨大的焦虑，看见了一个平静的地方，一个理想的富于人性的地方，一个改变了今天我们所知道的社会关系的地方，一个社会关系成为布莱希特所说的"友好"关系的地方。在那种意义上，我所说的再现的乌托邦今天确实像是采取了田园诗的形式，因此，在心理和无意识充满狂乱与躁动、压抑和障碍的时代，我们需要恢复这些古代文类的意义以及它们的价值和作用。

我确实认为这种再现的乌托邦得占有一定的地位，甚至具有政治上的作用：正如我在《未来考古学》里试图论证的，这些看似平静的形象本身也是强烈的断裂，它动摇了那种认为未来与我们现在相同的陈腐观念，干预并中断了习惯性的对制度的复制以及对意识形态的赞同，从而打开了一条裂缝，不论这条裂缝多么小，开始可能像头发丝那么细小，但通过这条裂缝，另一种未来、另一种制度的时间性的图像却可能出现。

然而今天我想提出一种不同的援用那种未来的方式，提出一种不同的乌托邦的作用；在某种意义上，它的前提是，区分乌托邦计划和乌托邦冲动，区分乌托邦的规划者和乌托邦的解释者，例如，如果你们喜欢，可以区分莫尔或傅立叶和布洛赫。乌托邦计划的目的是争取实现某种乌托邦，它可以是谦逊的，也可以是雄心勃勃的，因人而定：可以从整个国家甚至世界范围的社会革命一直到单独一个建筑或花园的独特的乌托邦空间的设计。但是，除了乌托邦对现实本身的改革之外，它们有一个共同之处，这就是它们都必须以某种方式面对封闭的或飞地的结构。因此这些乌托邦空间无论其范围如何都是整体性的，它们象征着一个改变了的世界，这样它们就必须在乌托邦和非乌托邦之间假定界限。而只有从这种界限和这种飞地结构出发，才能开始对乌托邦进行认真的批判。

不过，对乌托邦冲动的解释必须考虑一些碎片化的东西：这种冲动不是象征的而是寓言的，它既不符合乌托邦计划也不符合乌托邦实践，它表达乌托邦的欲望，并采取各种预想不到的、掩饰的、遮盖的、扭曲的方式。因此乌托邦冲动需要某种阐释：需要探索发现的工作，在真实的风光里解释和解读出乌托邦的线索和痕迹；需要对乌托邦在现实中的无意识的投入进行理论阐述和解释，不论这种投入是大是小，也不论这种投入本身的实际情况是不是与乌托邦远离。这里的前提是，最有害的现象可以用作各种意料之外的愿望实现和乌托邦满足的储藏室和隐蔽地。事实上，我经常用常见的阿司匹林作为例子，说明最渴望不朽、渴望理想化的身体的人也会无意地携带着阿司匹林。

# 二

但是，这种对乌托邦的分析似乎突出了主体和主体性，可能会把乌托邦冲动本身变成不连贯的投射，没有历史的意义，对社会的世界也没有实际的后果。在我看来，这种否定有些过分，它等于说，在可能的客观条件强制的范围之内，人类的欲望本身构成了集体的计划，构成了社会形态的历史结构。因此，在继续就此论述之前，最好把对那些客观条件的看法置于适当的位置，概括乌托邦社会变革的客观可能性的模式，如此也许可以衡量根据乌托邦冲动所做的解释。

实际上，我们完全可以说，马克思主义对历史变化的看法把这些乌托邦思想的形式结合了起来：因为它既可以被视为一种实际的计划，也可以被视为无意识力量投入的空间。这里，在这种孪生的或添加的乌托邦的看法里，那种旧的意志论和宿命论之间的张力找到了它的根源。马克思主义的政治目的就是改变世界，以一种根本不同的生产方式代替资本主义的生产方式。但它同时也是一种历史动力的概念，按照这种概念，它假定一个全新的世界正在我们周围客观地出现，而我们并不一定立刻能看见。因此随着我们进行变革的有意识的实践和策略，我们也许会采取某种被动接受的解释姿态。而由于正确的方法和记载机制，我们可能会找出不同事态的寓言线索，找出看不见的甚至无法追忆的正在成熟的时间的种子，找出全新形式的生活和社会关系阈的下意识或潜意识的迸发。

最初，马克思通过本质的神秘性那种最陈腐的方式表达过第二种时间性的模式，但这对于我们已不再具有多大的比喻的力量。他在 1859 年告诉我们："无论哪一个社会形态，在它所能容纳的全部生产力发挥出来以前，是决不会灭亡的。"到目前为止马克思的看法仍然正确，而正是这一看法在 20 世纪八九十年代没有被充分地考虑。接着他继续说："在它的物质存在条件在旧社会的胎胞里成熟以前，是决不会出现的。"① 然而这只是一种隐喻，对于布洛赫描述的乌托邦冲动的力量，对于乌托邦投入的寓言和乌托邦力比多，对于我们周围潜在的乌托邦主义的隐蔽的痕迹和迹象，孩子的诞生并不一定是最好的比喻。

同时，我们需要补充的是，马克思和列宁都写了具体的乌托邦作品，而且二人都是以巴黎公社为基础写的。马克思关于公社的演讲（《法兰西内战》），确实有些像是一种取代资产阶级议会制度的乌托邦民主的蓝图。列宁的《国家与革命》在这种直接民主模式的基础上进行了扩展，1917 年 8 月，他抛开了辩护性的语言，提出更有意义的是进行革命而不是描写革命。但是，两人的著作谈的都是政治乌托邦而不是经济乌托邦，而今天显然是后者为我们提出了最大的概念上的困难。

诚然，马克思著作中的无政府主义因素不应被低估。在《资本论》当中，他要我们"换一个方面，设想有一个自由人联合体，他们用公共的生产资料进行劳动，并且自觉地把他们许多个人劳动力当作一个社会劳动力来使用"②，但那时仍然不清楚的是，这是否只是某种扩展了的集体的"独自生产"或《鲁滨孙漂流记》的幻想，是否我们仍处于小商品生产阶段，好像在自耕农或日耳曼生产方式中那样。

关键的论述是后来形成的，正如马克思自己所说，将"认真对

① 《马克思恩格斯选集》第 2 卷，第 3 版，北京：人民出版社，2012，第 3 页。
② 《马克思恩格斯全集》第 23 卷，北京：人民出版社，1972，第 95 页。

待黑格尔的辩证法"：

> 从资本主义生产方式产生的资本主义占有方式，从而资本
> 主义的私有制，是对个人的、以自己劳动为基础的私有制的第
> 一个否定。但资本主义生产由于自然过程的必然性，造成了对
> 自身的否定。这是否定的否定。这种否定不是重新建立私有
> 制，而是在资本主义时代的成就的基础上，也就是说，在协作
> 和对土地及其靠劳动本身生产的生产资料的共同占有的基础
> 上，重新建立个人所有制。①

请注意在这些比喻里仍然保留了孩子诞生的形象，意思是说明
"生产资料的集中化和劳动的社会化"——换言之，即法兰克福学
派在不同语境里所说的"社会共有化"。这里不仅孕育的隐喻没有
消失，而且孩子实际上已经诞生！刚才提到的集中化和社会化，在
他援引的一次著名的演讲中表明，它们"与资本主义的外表不相适
应"（用另外的方式说，就是新的基础和旧的上层建筑不相适应）：
"这个外壳就要炸毁了。资本主义私有制的丧钟就要响了。剥夺者
就要被剥夺了。"② 这是一种逐渐达到顶点的比喻，或者几种不同
的比喻同时实现（虽然不是我们很快会考虑的那种比喻）。在这里
描述的情况中，真正的危险显然是垄断的发展。实际上，正是垄断
反而想确定为一种乌托邦现象。但在这样做之前，我觉得应该再引
用一些马克思的话，说明列宁后来从理论上阐述的资本主义的第

---

① 《马克思恩格斯全集》第 23 卷，北京：人民出版社，1972，第 832 页。
② 同上书，第 831-832 页。

二（或"最高"）阶段，因为我觉得它对我们今天的资本主义第三阶段，即我们一般所说的全球化，具有至关重要的联系。

剥夺占有是通过资本主义生产固有的规律本身的作用实现的，是通过资本的集中化实现的。一个资本家总是打倒其他许多的资本家。与这种集中相结合，或者与少数资本家剥夺多数资本家的剥夺相结合，会出现日益扩大规模的其他发展，例如劳动过程的合作形式，自觉地运用科学技术，有计划地开发土地，改变劳动工具使之成为只能共用的形式，通过利用联合的、社会化的劳动生产方式节约生产资料，把所有的人都卷入世界市场的网络，并以此发展资本主义制度的国际特征。随着夺取和垄断这一转变过程中的所有利益的那些资本主义巨头的数量日益减少，痛苦的、被压迫的、被奴役的、被贬低的、被剥削的大众便不断增加。

因此，按照列宁的分析，可以适当延长从资本主义到社会主义转变的这一标准的马克思主义的景象，这就是忽略分娩的形象，但更强烈地坚持未来的社会是在现在的社会之内"成熟的"——其形式不仅是劳动的社会化（联合、工会组织等），而且首先是垄断。实际上，我们在这里处于激进的或社会主义思想的某种分界线上：在这里，进步的资产阶级寻求打破垄断，把大公司再次变成小公司，以便回到健康的竞争；在这里，无政府主义谴责集中化，把它作为政府本身的形象，无论它有多么大的力量都要不惜一切地把它摧毁——在列宁看来，"政府的衰亡"在于取得垄断并由生产者自己管理，这样不仅可以一举消灭管理者阶级，而且可以消灭管理国家事务的政府和官僚政治。请看下面这段关于金融经济的论述（仍然适合我们今天的情况）：

> 资本主义建立了银行、辛迪加、邮局、消费合作社和职员
> 联合会等这样一些计算**机构。没有大银行，社会主义是不能实
> 现的。**
>
> 大银行**是**我们实现社会主义**所必需的**"国家机构"，我们
> 可以把它**当作现成的机构**从资本主义那里**拿过来**，而我们在这
> 方面的任务只是**砍掉**使这个极好机构**资本主义畸形化**的东西，
> 使它成为**更巨大**、更民主、更包罗万象的机构。那时候量就会
> 转化为质。……
>
> 这个"国家机构"（它在资本主义制度下，不完全是国家
> 机构，但是在我们社会主义制度下，它将完全是国家机构），
> 我们下一道命令一下子就能够把它"拿过来"，使它"运转起
> 来"。①

我之所以引用这段话，乃是因为它对规模和垄断的辩护令人感
到惊讶。不论右派还是左派，不论信仰自由市场的人还是相信"小
的就是美的"人，或者相信自我组织是经济民主的关键的人，都会
对这种辩护感到惊讶。我常常也有同感，但我并不想特别采取某种
立场，然而我想说的是，在这两种情况里——一方面以商业竞争为
名规范并打破垄断，另一方面回到更小的社区或集体——我们都不
得不面对历史的倒退，回到已经不复存在的过去。但是，如果不采
取乌托邦的方式，我们显然不可能考虑即将出现的某种未来的规

---

① 《列宁全集》第 32 卷，第 2 版，北京：人民出版社，1985，第 300 页。

模、数量、人口过剩以及类似的东西。实际上，明确地考虑数量的困难，是我们今天的乌托邦思想面临的又一个障碍。

# 三

正是在这一点上，我想提出一种乌托邦的分析模式，它可以被看作主观和客观这两种方式的某种综合。我想提出这种解释的两个例子，虽然我不想说它们本身就是乌托邦的方法，但至少可以作为其他方法中的一种。这两个例子将分别联系到历史和理论。理论的例子将论及现在正出现的"大众"政治的宣言领域，而历史的例子将提出一种表示乌托邦寓言作用的新的可能的机制，这就是所谓的"沃尔玛"现象。我相信这个例子会比列宁对垄断的赞扬更令人吃惊，因为有关的数据研究告诉我们，大多数沃尔玛的购物者自己就对这家公司持尖锐的批判甚至否定态度。我想人人都知道否定的批评：一个新的沃尔玛的建立会迫使地方商业表现下滑，减少就业职位；沃尔玛的员工很少获得足够的维持生活的工资，没有额外利益或医疗保险；该公司反对工会（在中国是个例外）；它雇用非法移民，越来越多地雇用兼职人员或短工；它把美国的业务转移到海外，自己还在国外开设血汗工厂并使用童工；它的实践活动残酷无情（常常是隐蔽的），通过威胁控制它的供货商，在国外破坏生态，在美国破坏社区；夜里它把自己的员工封锁起来，等等。这是一幅令人恶心的景象，而未来的前景——不仅在美国，而且在全世界，沃尔玛已经是最大的公司——肯定更令人惊恐，尤其如果你认可合谋的理论，它可能就是极端地反乌托邦的。这里，不像西奥多·罗斯福时期的托拉斯和垄断那样，它是马克思列宁主义对集中化预言的真实体现，也是对晚期资本主义垄断倾向的体现。然而，正如它的评论家所说，这种实体的形成——像是新的病毒或新的物种——不仅出乎意料，而且在理论上与当前流行的经济、政治和社会思想范畴也大不相同：

> 沃尔玛是某种全新的东西……它被精心设计为某种普通的、熟悉的甚至平凡的东西……不错，沃尔玛依照规则运作，但沃尔玛影响最重要的部分也许是那些已经废弃的规则……当前，作为一个社会我们无法理解沃尔玛现象，因为我们还没有准备好如何管理它。①

不过，我们必须补充的是，有一种思想可以清楚地解释这种新的现象，并说明为什么传统的思想无法做到：这种思想就是称之为辩证的思想。不妨考虑一下下面的分析："那种在两方面都实施的控制——控制大规模的商品，控制地区的消费市场——意味着市场资本主义正在因巨蟒似的缓慢无情的钳制而被扼杀。"② 如果这听起来像是新闻报道的语言，那么可以听听一个所谓的"首席执行官"（CEO）的看法，他直截了当地证实了沃尔玛的情况："它们在

---

① Charles Fishman, *The Wal-Mart Effect*, New York: Penguin, 2006, pp. 221－222.

② Ibid., p. 234.

美国扼杀了自由市场资本主义。"① 但这种奇怪的矛盾不正是马克思所说的否定之否定的当代翻版吗？因此沃尔玛并不是反常或例外，而是资本主义力量的充分表达：资本主义吞噬自己，它通过市场本身毁灭市场。

沃尔玛所代表的这种新现实的辩证特征，俨然也是我们普遍感觉到的关于这种商业活动的含混性的根源。它能够减少通货膨胀、平抑物价，甚至降低物价，使最穷的美国人可以维持生活，但这种能力同时也是造成穷人贫困的根源，是美国工业生产力消解的主要原因，还是美国小城镇不可避免地遭到破坏的主要原因。但这是资本主义本身作为一种制度在历史上独特的、辩证的力量，就像马克思和恩格斯在《共产党宣言》中对它的描写那样。有些人把那种描写看作对新生产方式力量的高度民主的赞扬，而另一些人则把它视为对这种力量的最终的道德判断。但辩证法在那种意义上并不是道德性质的：马克思和恩格斯所确定的是，"比过去一切世代创造的全部生产力还要多，还要大"的生产力伴随着它所释放的最具破坏性的否定力量（"一切坚固的东西都烟消云散了"）同时存在。辩证法是一种原则，它要求同时考虑否定和肯定的两个方面，形成思想的统一整体，而道德化企图轻易地谴责那种邪恶，而不去特别想象其中还有另外的东西。

于是，沃尔玛被赞扬为民主和效率的顶点：流水线的组织无情地消除了一切不必要的虚饰和浪费，通过纪律把它的管理人员变成

---

① Charles Fishman, *The Wal-Mart Effect*, New York: Penguin, 2006, pp. 221－233.

了一个值得尊敬的阶级，其情形就像当年的普鲁士政府，或 19 世纪后期法国职业教育中伟大的教师运动，甚或是流水线的苏联体制的梦想。新的欲望得到鼓励和充分的满足，就像 20 世纪 60 年代的理论家（以及马克思本人）所预言的那样，而销售的问题也通过各种新的技术发明成功地得到解决。

对于新的技术发明，我列举几个实例：例如信息方面，确实出现了发展，如所谓的条形码，即细谷（Hosoya）和沙伊弗（Schaeffer）所说的"制约结构"，一般被解释为城市的新的基础，提供了前所未有的同步化和看似无形的组织。但制约结构重新组织城市的规划，使它失去了稳定。与此同时，条形码"颠覆了零售商和批发商或生产商之间的权力平衡"。20 世纪 70 年代初，沃尔玛引进了"一整套新一代的电子收款机"，这种收款机现在能够处理条形码上记录的大量信息，包括商品目录和消费者的喜好：按照资本主义最古老的逻辑，技术革新率先成为对萧条时期的补救，它迫使竞争的生产商进行合作。商品世界里条形码的乌托邦特征，有些像是人类主体中间互联网的等同物；而从生产支配到销售支配的转换，则类似于社会领域里民主意识形态的出现。

然而，在物质客体的一面，却有另一种相关的发展，它同样是实质性的但又与这种发展非常不同，这就是作为运输革命的集装箱的发明或出现，它的多重影响我们无法在这里进一步探讨。这种空间的创新有些像是对社会领域的人口统计和人口过剩的反应，而且会导致我们走向一种数量和质量的辩证。实际上，这种所谓的"供应链条"的两端都需要哲学的概念化，它们在生产和销售之间进行调停，并有效地消除销售和消费之间的对立。

同时，资本主义和市场的无政府状态也得到克服，为日益绝望和贫困的公众提供了生活必需品，而这些公众受政府和大企业的剥削，几乎再也不能对企业进行任何政治的控制。任何不欣赏沃尔玛这种历史性的创新以及它的力量和成就的人，事实上不可能进行这种讨论；与此同时——我也是对左派说的——对于这种成就需要一种审美的欣赏，一种布莱希特为他最喜欢的书之一（古斯塔夫斯·迈尔斯的《美国豪门巨富史》）所保持的那种欣赏，或许我们今天也认为它们是那些俄罗斯巨头罪犯的操纵策略。但是，这种赞赏和肯定的看法必须伴随着绝对的谴责，这样我们才能完成对这种历史现象的辩证的矛盾心理的揭示。沃尔玛也不会完全忘记它自己的矛盾心理：它担心披露伤害的事实而完全回避记者，结果人们对它的声誉怀有混杂的心情，有严厉的批评，同时不可避免地也有赞赏的承认。

这里我想对辩证的矛盾心理做些补充，尤其关于技术创新的矛盾心理。回顾一下列宁和葛兰西对泰勒主义和福特主义的赞赏，就足以对革命者的弱点产生困惑：在资本主义的劳动生活中，究竟什么是最具剥削性和非人性化的东西？但这也正是乌托邦在这里所表示的意思，即当前否定的东西因诱发巨大变化或乌托邦的未来也可以被想象为肯定的东西。这就是我想把沃尔玛当作一种思想实验的方式（无论多么简单）：不是按照列宁的粗糙却实际的方式，把它作为一种机制，（革命之后）我们可以"砍掉在资本主义制度下使这个很好的机制残缺的东西"，而是按照雷蒙德·威廉斯所说的那样，把它作为自然发生的、与残余相对的东西——一种隐约出现的乌托邦未来的形态，我们必须把它作为一种机遇及时抓住，以便更充分地进行乌托邦的想象，而不是把它作为进行道德化的判断或倒退的怀旧的所在。

现在我需要简略地谈谈另外两种不同的反对这种悖论断言的中肯意见，然后再继续论述一种性质不同的乌托邦的运用。首先要说的是，沃尔玛可能是销售的典范，但不能说它是严格意义上的生产的典范——尽管我们可以谈论销售的生产。这点直接切入我们的社会–经济矛盾的核心：其中一个方面是结构性的失业，另一方面是零售行业明显地超越"生产性"行业（2003 年美国的情况）。（在这些新的矛盾的结构里，还应该包括计算机化和信息化，我觉得非常明显的是，沃尔玛特殊的成功依赖于计算机，在计算机之前这种成功是不可能的。）对此我想从这家零售公司对它的生产供应商（沃尔玛常说是它的"合作伙伴"）进行支配的视角来观察，这种支配是一种破坏性的力量，其中大公司能够迫使它的供应商进行外购，降低材料和产品的质量，甚至迫使它们完全退出商业活动。值得注意的是，这种力量可能以完全相反的方式运作。"运用它的巨大的购买力量，不仅提高它的顾客的生活水准，而且也提高它的供应商的生活水准。"① 在这种力量的有效的程度上——从零售垄断到各种生产者——这是一种乌托邦的建议，它可以颠倒过来而无须改变它的结构。

---

① Charles Fishman, *The Wal-Mart Effect*. New York: Penguin, 2006, pp. 145 – 146.

但是，我还想提出，新的体制似乎有可能提供一个完全消除这种对立的机会。针对这种生产和销售之间的二元张力，我们似乎不可能找到出路，并想象一整套新的范畴：不是因消费和信息而放弃生产和阶级的范畴，而是要把它上升为一个新的更复杂的概念。这里我们不可能再对此进行推测。

另一种反对的意见与利益动机本身相关。毕竟，沃尔玛的真正动力是因为它是一个资本主义的产业，而苏联社会主义的失败似乎在于命令式的计划经济所造成的懒惰。其中腐败、任人唯亲、裙带关系或者完全忽视研究造成了令人厌恶的现象，例如大量同样的灯罩堆积在地下室里无人购买。作为抵制利益动机的对抗力量，需要不断地进行动员和开展运动，以便重新激发可能降低的社会主义热情。

这里应该看到的是沃尔玛也通过精神鼓励来推动销售：它成功的秘密不是利润而是价格，它为最后的每一分钱讨价还价，对大量的供货商都是如此。这一原则——"永远低价"——事实上是由最基本的动机驱动的，马克斯·韦伯称之为"新教伦理"，也就是回到勤俭节约。勤俭节约是这一体制伟大的初创时刻的特点。因此，甚至这种解释性的诉诸利益动机的做法也可能是本质主义的，是人性的意识形态的组成部分，而它本身也是资本主义最初构成的一个部分。应该补充的是，马克思主义并不是以这种方式从心理上进行归纳的，它所坚持的不是根据贪婪和苛求的决定论，而是体制或生产方式的决定论，每一种生产方式都会对所谓的人性产生并构成它自己的历史版本。

# 四

　　现在，我需要更确切地说明这种新型乌托邦的理论和实践，而我对沃尔玛的描述似乎预设了这一点。实际上，这种讨论会表明，探讨它的理论方式有时是在明显的"反乌托邦"的立场中发现的。这是我们下一个例子的情况，它将转向现在众所周知的大众的概念，这个概念是迈克尔·哈特（Michael Hardt）和安东尼奥·内格里（Antonio Negri）在他们的著作《帝国》和《大众》里提出来的（是从斯宾诺莎借用的一个术语）。值得注意的是，他们自己对乌托邦主义的特殊的谴责，虽然与大量后结构主义的信条相一致，但具有直接的政治和历史指涉，他们谈到了斯大林主义，谈到了历史上由列宁的传统构成的共产党（从列宁以后，共产党内部也批判乌托邦主义）。这里乌托邦与历史必然性的口号一致，与"歌唱明天"的口号一致，为了某个未来的乌托邦，它牺牲当前的一代。

　　至于大众这个概念本身，不管有多少缺点，我觉得它是试图构成某种新的、更有效的集体，代替旧的对集体和集体力量的理论阐述，例如"人民"（在人民主义里取消了社会阶级，在工人主义里排除了性别和种族，甚至在其狭隘的政治定义中排除了农民）。我认为，在一个分裂的、个人主义的社会里，每一种新的集体的方式都值得欢迎（下面我再谈个人主义）。旧的集体的概念也有明显的缺陷，只是表现的方式不同；它们同时表达了新的集体形式或主体出现的社会现实。但我在这里并不想介入关于"大众"的争论，因为我想做的本质上是确定一种方法论的创新。但为了这样做，我不会去考虑哈特和内格里庞大而复杂的著作，而是非常简单地干预一下这种讨论，即根据意大利当代最著名的哲学家保罗·维尔诺（Paolo Virno）的哲学思想（这里人们似乎还很少了解），明确揭露这种新的理论观点的某些后果（现在已成为新的传统）。

他的著作《大众的基本原理》可以读作一系列的笔记，其论述了大众的概念对后现代性时期（不是他的话）日常生活的现象学所可能带来的变化，实际上也是对我们关于那些变化的态度以及对它们的评价所带来的变化。这里我不会全面讨论他的主题和意图，而是主要讨论该书对某些标准的海德格尔的观点的修正，而这些观点今天对我们（不论自由派还是保守派）仍然非常重要，实际上对整个西方资产阶级的日常生活仍然非常重要。

你们可以回忆一下，海德格尔曾呼吁通过焦虑和对死亡的恐惧净化资产阶级那些舒适的习惯，他认为现代生活充满了不可靠性，受城市的集体性支配。你们还会记得，使"存在"的日常生活在现代性的日常生活中异化的四种堕落的形式，即"空谈、好奇、含糊和破坏"，或者像《存在与时间》所翻译的那样，"闲谈、好奇、含混和衰落"（或"被吞噬"）。维尔诺想做的，正是对这些基本的范畴，不可靠性的概念本身进行修改（离开了纳粹主义和后来的技术理论，我们也会这么做的）。

但重要的是，应该明白，对"现代性"的这些判断并不是海德格尔所独有，它们是整个保守的、反现代主义意识形态的组成部分，在 20 世纪 20 年代，受到从艾略特和奥特加·加塞特（Ortega Y. Gassett）等非左派知识分子的欢迎，同时也受到从中国到美国的传统主义者的推崇。这种意识形态表达了对新的工业城市的恐惧，包括它的新的工人和白领阶级，它的大众文化和公共领域，它的标准化和议会制度；这种意识形态常常隐含着一种怀旧情绪，怀念旧的农业社会的生活方式，如美国的"重农派"、英国的自耕农或者海德格尔的"田间劳动"。这种意识形态充满了对社会主义或共产主义的持久恐惧，支配 20 世纪 30 年代的阶级合作主义——从罗斯福的新政到斯大林的五年计划，从纳粹主义到意大利的法西斯主义和英国费边的社会民主——从这种观点出发应该看作与传统主义的妥协，同时也应该看作对所谓的"大众的人"的时代的现代性的抵制。

诚然，那些妥协现在大部分已经成为历史（也许可以补充说，它使当代社会民主陷入某种混乱，在这种境遇中，自由市场基础论迄今确实是唯一可行的新的、实用的政治意识形态），但我想论证的是，我刚才概略地提到的关于旧的保守意识形态的一般的社会态度（对于这种意识形态，海德格尔是唯一独特的哲学理论家），在很大程度上仍然对我们适用，对知识和思想也仍然适用。

为了这样做，我想重新回到我前面提到的再现的乌托邦的问题。实际上，对待形成旧的反现代主义意识形态的社会焦虑的标准方式，就是承认这种焦虑，同时又向我们保证，在未来任何"更完美的社会"里，所有列出的否定的特征都会得到纠正。因此，在一些乡村风光中，不存在任何产生焦虑的社会不安全性（甚至死亡也会推迟），闲话很可能被一种净化了的语言和真正的人类关系取代，病态的好奇被与他人的健康距离和自己在整个社会中的地位的自觉意识取代，"含混"（海德格尔用这个词表示大众文化的谎言和公共领域的宣传）通过与整个计划、工作和行动的更真实的关系可以得到矫正，而衰落（在"人"的公共维度上"失去自我"，或"大众的人"的非真实性）会被某种更真实的个人主义和更真实的自我孤立以其存在主义的关怀和承诺取代。这些无疑都是很好的、理想的发展，但不难看出，它们本质上也都是反动的：它们通过肯定的对立面构成了对否定的支配条件的取代。然而，这种对海德格尔回应的反动，很可能会首先确认否定判断的优先性。

它可能也会得到当前反乌托邦想象的确认，在反乌托邦的想象里，对于构成我熟悉的范围之外"社会"的那些陌生的他者的多重恐惧，在后现代或全球化的条件下，再次集中到对多样性和人口过剩的恐惧之中。显然，从希伯来先知以降，一种古老的讽刺传统重演了这种对集体他者的恐惧，而其方式就是谴责一种罪恶的或堕落的社会，这与哲学的某些思考相似，例如笛卡尔把他者比作自动化，只是他们以一种不同于神学的方式或不同于新闻主义对异化的"文化批判"的方式来表达反感。20 世纪 60 年代的科幻小说，尤其是约翰·布鲁纳（John Brunner）的经典四部曲，对各种社会危机、社会分化或社会堕落进行了非意识形态的描写；而作品借助无思想性或经过洗脑的僵尸的形象，对现代民主大众无法改善的愚蠢却表达了更明显的谴责。然而，甚至在这些对危机的表达里，其征候（污染、原子战争、城市犯罪、大众文化的"堕落"、标准化、贫困、失业、服务部分优先等）仍然被区分开来，每一种都形成一种不同的警示性的再现。只有在后现代性和全球化当中，由于世界人口的爆炸、对农村的遗弃、大城市的增加、全球变暖和生态灾难、城市游击战的扩展、福利国家的金融崩溃，以及各种小团体政治的普遍出现，这些现象才围绕着主要事业（如果这是可用的正确的范畴）互相交织在一起——而所谓的主要事业就是对多样性和普遍涉及的人口过剩的谴责，或者说，对以多重形式和仅仅作为数量和数字出现的他者的谴责。可以预见，对这种具体情况表征的反应，采取了对"散乱"景象肯定和否定的双重形式，就像是由旧的全球风光的许多部分构成的反乌托邦的城市化，或者倒退到前面援引的小集体的那些田园景观。很少有像莱姆·库尔哈斯（Rem Koolhaas）那样的人——赞赏"拥挤的文化"，想象过剩的人口能够快乐地繁荣的新的、肯定的空间——已经抓住转变价值的策略，把模糊的悲观主义的诊断指标转变成充满活力的前景，展现出某种新出现的受人欢迎而非哀伤的历史现实。

事实上，我要找出，在《大众的基本原理》里发生作用的正是这样一种策略，而它的主题现在也许可以简要地（不完全地）加以回顾。对于恐惧和焦虑（在海德格尔那里明显不同）的不安全性，维尔诺代之以对资产阶级的安全性本身（对此我们后面还会再谈）的全面抨击，但他只注意到安全性也是一个空间的概念（与海德格尔的"居住"相关），并假定某种与我的邻居最初的物质上的分离——这在意识形态上也与财产的概念相互关联。（在此意义上，只有富人才真正安全，他们居住在封闭的社区，他们的庄园有警卫保护和巡逻，而其功能则在于隐蔽和压制集体本身存在的事实。）这里从焦虑到肯定的判断转换的调控器是康德的崇高概念，它把恐惧纳入崇高本身特有的乐趣；然而这种转换的实际后果，也会把海德格尔的无家可归的悲怆转变成德勒兹的游牧主义的兴奋。这种情况我们会在后面看到。

不过，游牧主义似乎也表明当代劳动的特征，经济学家严肃地告诫我们，在这样一种境遇里，任何人都不应再期望一生保持一种职业（一般他们不会增加日益明确的副业，就是说，许多人根本不应该指望保持住任何职业）。维尔诺对当代劳动的讨论，挑战并破坏传统的亚里士多德式的对劳动、政治和哲学的区分（汉娜·阿伦特重新恢复了这种区分），其目的似乎也是对整个异化概念进行乌托邦的重构，因为从马克思早期对工业劳动的分析中，它已经降低为用于各种目的文化特征的表达。黑格尔的异化的概念——马克思的概念既是对它的批判也是对它的重构——本身就构成一种对手工艺活动和生产的乌托邦的颂赞，在工业时期已不再适用。维尔诺现在提出一种生产作为艺术鉴赏的概念，一种恢复旧的 20 世纪 60 年代生活审美化的理想的概念，并把从景观（德波）和幻象（鲍德里亚）出发对当代社会的更多的谴责进行重新定位。

我们首先要注意今天劳动的具体特征，就像维尔诺概括的那样，从所有现代的哲学运动——从实质的范畴到过程的范畴——得出最终的结论。现代的（或许我应该说后现代的）工作是一个过程问题，它是一种活动，对于这种活动，目的已经变成第二位的，某种物品的生产只是一种借口，过程本身变成了目的。这可以比作美学领域里的艺术欣赏，而实际上，我们在这里遇到了一种出乎意料的旧的左派梦想的体现，即从席勒到马尔库塞和 20 世纪 60 年代审美的非异化世界的梦想。然而，现在这种没有旧的唯美主义保持的那种雅致，是一种注意机器的文化，一种后工作的文化，一种语言共享和语言合作的活动。这一变化还必然导致对劳动的重新定位——迄今为止，劳动含混地区别于私人领域和公共领域（它不是私人生活，但它的组织结构仍然为资本家所有，并不对公众开放）——在某种新的空间之内，个人和公共的合作已经消失，且不会把一个归纳到另一个之内。

　　最后这种现在是一种"没有公共领域的公共性"，一种反过来会导致一系列其他乌托邦后果的转变。所谓的大众文化本身被改变了，变成了"一种生产资料的产业"①。它的陈旧和平凡现在成了实现集体共享和参与的指令，具有重复童年天真的补救作用：实际上，在这一点上，维尔诺勾勒了那种"普遍理性"的文化等同物的理论，它依据马克思的《政治经济学批判大纲》，构成一种非常重要的方法，说明今天意大利的哲学如何揭示晚期资本主义社会生活和工作深刻地社会化和集体化的状况。因此，在这一语境里，科学和语言已经无时不在，渗透到我们日常生活的每一个角落，使每一个人都成了知识分子（按照葛兰西的说法），于是一种全球化的大众文化和无处不在的交往本身就有了一种非常不同的重要意义。在

---

① 　Paolo Virno, *A Grammar of the Multitude*, New York: Semiotexte, 2004, pp. 40, 66.

全球各个地方，大众有了他们自己的新的语言和文化能力：部落的人听他们的随身听，游牧者看他们的 DVD，在没有电的山村以及最郁闷的难民营里，这些被剥夺了某些基本权利的人也关注世界当前的事件，聆听总统们的各种不同的演讲。然而，在那种表明后现代性特征的文化和政治的区分里，人们还必须认识到，这种"没有公共领域的公共性"也为维尔诺所说的"一种非代议制民主的可行性"进行了奠基和准备。

显然，在对大众社会及其"堕落"的传统判断进行这种非同寻常的颠倒当中，海德格尔的存在主义的不可靠性也会改变。在存在主义哲学家所列举的不可靠性（闲谈或说闲话、好奇、含混、衰落）基础之上，维尔诺又增加了两种——机会主义和犬儒主义，也许它们在最近已经引起了更公开、更令人厌恶的谴责。也许日益明显的是，用普鲁斯特的话说，闲话明显是人的年龄的标志，也是人类优于以前人与自然关系的标志。但是好奇——特别是圣奥古斯丁很久以前分析的那种观瘾癖嫉妒的古典形式——还是应该有其乌托邦的美化的形式。本雅明对"精神错乱"的悖论性的辩护现在可以重新解读，把它看成在一个习惯和常规的世界里出现的新型的观察：

> 媒体训练理智去考虑已知的东西，仿佛那是未知的东西，甚至在最平凡的、不断重复的日常生活的一些方面，去辨别"一个巨大的、突然出现的自由的边缘"。但与此同时，媒体也训练理智承担对立的任务，考虑未知的东西，仿佛那是已知的东西，熟悉的出乎意料的、令人惊讶的东西，习惯于缺少既定

习惯的状况。①

至于机会主义，按照黑格尔为功利主义辩护的精神，它标志着战术和战略性的观察必然出现，标志着衡量和评价境遇的能力，以及在新的乌托邦大众世界里构成某种新的、得到强化的方向感："每当具体的劳动过程渗透着扩散的'交流行为'并因此不再使自己完全等同于沉默的'工具行为'时，机会主义就赢得了价值，仿佛它是一种不可缺少的手段。"② 至于犬儒主义本身，今天在自由政治思考的核心，它非常明显地也发展了一种新的关于我们的制度如何运作的认知姿态，放弃了"对带有道德评价性质的判断标准的要求"，按照维尔诺的看法，也因此抛弃了道德判断本身所依据的等价的原则。为了传统主义者称之为相对主义的新的多样性，犬儒主义放弃了等价（应读作交换价值）的普适主义，但这是大众的一个新的结果，而不是某种继承的哲学立场。通过梳理这些看法，维尔诺为新的理论阐述提出了今天为什么出现犬儒主义这一十分迫切的问题。

如果"含混"表示海德格尔对现代大众文化世界里语言和文化能力的堕落的焦虑，那么"衰落"表示的是更普遍的情况。按照他的看法，就是存在由集体秩序决定，被他者的"世界"吞噬，忘记了自己并失去了个体性——就是说，在海德格尔看来，忘记了它的孤独，而在那种孤独中，它自己就可以了解它的自由，它的"存在直到死亡"。这种自我在人群中的消失，在大众中的淹没，一直是

---

① Paolo Virno，*A Grammar of the Multitude*，p. 93.

② Paolo Virno，*A Grammar of the Multitude*，p. 86.

反革命的意识形态自其开始就提出的主要控诉，因为它所了解的高潮是法国大革命时期可怕的暴民场面（而勒庞和弗洛伊德的分析认为，他们是通过集体的非理性克服理性的自我），以及在大规模的反抗中对私有财产的极端愤恨。

这也是资产阶级传统长期以来看待群众或暴民的方式——就是说，他们从安全的距离观察，哀叹它的臣民的过激行为和漫无目的的行为方式，他们不顾法律和体面约束的呐喊和举止，仿佛受到了摩门教似的咒语的控制。对此维尔诺非常及时地告诉我们：这些继承下来的景象和偏见表明，关于我们所称的现代性（第一世界资产阶级的资本主义）的传统的看法，预先假定了我们会作为个体的人从初期的前个人主义的大众中出现，并假定了我们会担心重新被后个人主义的"大众"淹没，再次失去我们好不容易取得的作为个人主体的所有东西。但是，大众恰恰是个体化的条件，只有在大众和集体之中我们才能获得真正单一性的个体。我们必须放弃考虑许多事物的习惯，如语言、文化、文化能力、政府、国家等，不应该把它们看作是在艰辛而又令人欣慰的现代化过程中获取的目标。相反，它们早已获得；每个人都是现代的，现代化已经过去一段时间。维尔诺告诉我们："统一性不再是事物围绕它汇集东西（国家、主权），如人民的概念，而是想当然地认为它是背景或必然的前提。其中'许多'必须被认为是普遍的、一般的、共同经验的个体化。"①

诚然，这里论述的统一性的前提是以前面提到的那种"普遍理性"的理解为基础的：承认在晚期资本主义或后现代性里文化领域

---

① Paolo Virno，*A Grammar of the Multitude*，p. 25.

的巨大扩展，知识（在很大程度上包括科学）在自然的终结中普遍化，马克思的"工资劳动普遍化"里所隐含的那种带有倾向性的世界的人性化，以及对待真正世界市场的方法。这些还以不同的方式说明了差别的政治，而差别的政治在资本主义整体化之后具有这样一种含义：它不可能在早期资本主义（或前资本主义）的思想和经验里发生。甚至在某种大的集体计划中群体的统一，在民族国家的制度强化之后也必然以不同的方式发生作用，根本不同于国家建构初期那种英勇进步的过程。

关于这一新的大众世界的构成特征暂时就谈到这里，但我们要学会欢迎这一新的大众世界，把它作为新的乌托邦，犹如接受暴风雨的刺激。不过，最后提到的大众好奇的方面——"缺少既定的习惯"——会把我们带到我想在维尔诺著作里探讨的第二个主题，这就是关于安全和庇护的非常开放的言论。因为既定的习惯也是一种安全和庇护，也许新的境遇的最基本的特征，即新的事物——大众——形成的境遇的特征，可以通过那种方式来探讨，把这种特征作为某种新的完全缺少安全和庇护的情况，某种不再需要怀旧或资产阶级的舒适来提醒的某种新的无家可归，也不再需要海德格尔的"居住"或国家保护来提醒的无家可归——某种新的永久的危机境遇，不论我们是否知道，我们所有的人都是其中的难民。因此我们所说的大众就是那些难民营的人，他们取代了郊区的前景和高速公路的运动性，变成了永恒的交通堵塞。

维尔诺把两种行为与这种新的大众相联系——不论是不是乌托邦的。第一种是公民的不服从或拒绝政府。其实在政府的监视之下，难民营和棚户区自己的组织已经在对抗政府。第二种是他自己的德勒兹的游牧主义，即迁移，后者仿佛围绕着意大利的现代历史徘徊，但同时也出现在《资本论》的最后一章，其中欧洲的劳动者被认为为美国的东海岸而放弃了旧的国家，但没过几年，又"放弃了工厂，移到西部，走向自由的土地。工资劳动者被看作一个过渡阶段，而不是终身的决定"①。营地或边疆是大众世界更深层的看不见的现实，维尔诺要求我们以尼采的方式接受这种现实，但不是作为现在的某种永恒的重现，而是作为未来和乌托邦可能性的永恒的回归，仿佛我们一开始就选择了它似的并对它加以赞扬。

<h1 style="text-align:center">五</h1>

现在，我需要澄清我的题目所说的"方法"，并对我所提供的两种奇怪的甚至反常的解读进行理论的说明。正如我急于向读者说明我并不想赞扬沃尔玛，更不用说预言从这种令人惊讶的、新的后垄断境遇中出现任何好的和进步的事物，同样我对维尔诺的讨论也不应被认为是赞同某种假定的新的"大众"的政治，甚至也不是实际的政治的讨论——这一点他完全可以以自己的声音讨论，他的《大众的基本原理》的最后一章也确实开始展开他的看法；或者，用一种不同的、更确切的方式说，对于沃尔玛的业务运作的未来，或者关于"大众的政治"，我个人如何想并不重要。我用两个题目、

---

① Paolo Virno, *A Grammar of the Multitude*，2004，p. 45.

两种情况要说明的是一种方法，而对于这种方法，现在重要的是把它与本文开始的概括区分开来。

　　因此，我想展现的阐释并不是预言性的，也不是征候学的：它的意思不是在现在之内了解未来的轮廓，也不是在其考察的客体即不愉快的现象（垄断、人口过剩）之内确定集体愿望实现的活动。对于现存社会群体的意见和意识形态、生活方式和境遇，必须更认真地从经验方面加以考虑后一种方式，而不是像这里的训练所做的那样。前一种探索的方式，即实际的政治和计划，或者马克思和列宁的方式，必须从战略的眼光而不是孤立的资料出发，以经济和政治的客观性以及意识形态力量的平衡来了解具体的世界形势。

　　我认为这里概述的乌托邦的"方法"既不是阐释的计划，也不是政治的计划，而是像结构的颠倒，即福柯遵循尼采所称的谱系学。他用谱系学的意思是使他自己的（甚或更一般化的或后现代的）"方法"与经验主义的历史学家或唯心主义历史学家重构的进化论的叙事明显地区分开来，从而形成鲜明的对照。谱系学事实上不应理解为年代顺序，也不应理解为叙事，而是一种逻辑活动（采用黑格尔的"逻辑"的意思，但不是黑格尔的论述）。换言之，谱系学的意思是把某种既定现象出现的各种逻辑前提置于适当的位置，并以某种方式包含前提构成现象的原因，但不包括先前的现象或一些早期的阶段。诚然，由于谱系的前提几乎总是采取先前历史事件的形式，所以误解——以及把新的构成纳入旧的历史方法（年代学、因果关系、叙事、理想主义的社区类型）——总是不可避免的，而且也无法通过雷蒙德·鲁瑟尔（Raymond Roussel）不朽的旅行者轶事加以防止，尽管他声称在一个地方博物馆的玻璃下面发现了"孩子似的伏尔泰的头盖骨"。

对于未来的建构，迄今没有任何术语像谱系对建构过去那么有用，肯定不能把它称为未来学，我想乌托邦学也没有什么意义。但是，这种活动本身在于以巨大的努力改变迄今只存在于我们现时之中的一些现象的价值；以实验的态度肯定我们自己世界里明显否定的事物，肯定反乌托邦，如果更仔细地观察其实就是乌托邦，同时要把我们现时经验中的具体特征分离出来，把它们看作一种不同制度的构成因素。事实上，这就是我们看到维尔诺所做的事情，他借用了一系列海德格尔明显想否定和批判的现代社会和现实的特征，把它们逐一展现为所谓堕落的征象，作为值得欢庆的机遇，作为一种他并不称作另一种乌托邦未来的前景——而我们可以称作另一种乌托邦的未来。

这种未来的阐释只在一种特定意义上是政治行为，即它有助于重新唤醒关于可能的、另外的未来的想象，重新唤醒我们的制度——自以为是历史的终结——必然压制并使之瘫痪的那种历史性。在这种意义上，乌托邦学可以复活思想里长期睡眠的部分，复活政治、历史和社会想象中因不用而退化的器官，复活因长期不锻炼而僵硬的肌肉，复活因长期习惯于无行动而丧失的革命姿态。这种对未来性的复活和假定不同的未来本身并不是政治的计划，甚至也不是政治的实践，但如果没有这种复活，很难看到如何能形成持久的、有效的政治行动。

# "现时乌托邦"和"多种多样的乌托邦"*

    人们常说，我们必须区分乌托邦的形式和乌托邦的愿望：区分写出来的文本或文类和类似某种乌托邦冲动的东西——这种冲动在日常生活及其实践中通过特殊的阐释或解释的方法可以发现。鉴于整个社会运动都试图实现某种乌托邦的想象，社群以它的名义建立，革命以它的名义发动，而且，正如我们已经看到的，这个术语再次在当前话语斗争中流行，那么为什么不对这些区分赋予政治实践呢？无论如何，通过它们排除所有领域基本因素的方式，可以衡

---

* 弗雷德里克·詹姆逊近年来一直研究乌托邦问题。2007 年华中师范大学文学院曾邀请他参加"文学理论三十年——从新时期到新世纪"国际学术研讨会，他原则上接受了邀请，但因会期确定较晚，他另有安排，不能与会，后请他寄来了一篇题为《作为方法的乌托邦，或未来的用途》的书面发言稿。詹姆逊的著作《未来考古学》（*Archaeologies of the Future*，2005）是专门研究乌托邦以及科幻小说与乌托邦关系的著作，这里翻译的是《未来考古学》手稿的前两部分（后来成为该书的导言和第一章的部分内容），曾发表在《华中师范大学学报》2008 年第 5 期，译者为王逢振。——译者注

量这种限定的无效性。①

不过，倘若如此，基本因素就有一个便利而又必不可少的出发点：这当然是托马斯·莫尔的最初的文本，它与限定现代性的大部分新事物几乎完全是同时出现的（征服新世界，马基雅维利和现代政治，阿里奥斯托和现代文学，路德和现代意识，以及现代公共领域）。同样，两种相关的文类也令人惊奇地出现：一种是以 1814 年的《威佛利》（*Waverly*）为始的历史小说，另一种是科幻小说，不论认为它始于玛丽·雪莱同时期的《弗兰肯斯坦》（*Frankenstein*，1818），还是始于威尔斯 1895 年的《时间机器》（*The Time Machine*）。

在后来的发展中，人们总是以某种方式说到这些文类的始发点，而在众所周知的乌托邦转变中，即从空间转向时间、从描述域外旅行转向到未来访问的人的经历，同样也是如此。但是，这种文类独有的特点却是它的明显的互文性：很少有其他文学形式公然宣称它们自身就是论辩或反论辩。很少有其他文学形式如此公开地要求在每一个新的变体内部相互指涉和争论：谁能阅读莫里斯（William Morris）而不涉及贝拉米（Edward Bellamy）？或者，确切地说，阅读贝拉米而不涉及莫里斯？之所以如此，乃因为个体文本承载着一种整体传统，每增加一个新的文本，它就会重构或修改，并可能在一个庞大的超级有机体内部变得微不足道，就像斯塔普尔顿（Olaf Stapledon）小说中有思想、有知觉的蜂群。

———————————

① 权威论述参见 Lyman Tower Sargent，The Three Faces of Utopianism，*The Minnesota Review*，1967，7（3），pp.222-230；The Three Faces of Utopianism Revisited，*Utopian Studies*，1994，5（1），pp.1-37。

然而，厄斯特·布洛赫一生的事业提醒我们，乌托邦远比它的个体文本的总和更加重要。布洛赫假定，乌托邦冲动支配着生活和文化中一切以未来为导向的事物；从游戏到专卖药品，从神话到大众娱乐，从图像到技术，从建筑到性爱，从旅游到笑话和无意识，各种各样的事物无所不包。韦恩·哈德森（Wayne Hudson）非常确切地对布洛赫的重要作品做了如下概括：

在《希望的原则》（*The Principle of Hope*）里，布洛赫前所未有地概述了关于人类愿望的景象，以及一种更好生活的白日梦。该书的开始是一些小小的白日梦（第一部分），接下来是揭示布洛赫关于期待意识的理论（第二部分）。在第三部分，布洛赫把他的乌托邦阐释应用于在普通生活中所发现的愿望的景象；应用于围绕不同事物的乌托邦的感觉，如新的服装，广告，漂亮的面具，插图杂志，三K党的服饰，一年一度市场和杂戏场的节日盛况，神话故事，神话和旅行文学，古旧家具，废墟和博物馆，以及在舞蹈、舞剧、电影和戏剧中所呈现的乌托邦想象。在第四部分，布洛赫转向世界建构的问题，从而充分激起人们的希望和各种"更美好的世界的蓝图"。他以400页的篇幅分析医药的、社会的、技术的、建筑的和地理的乌托邦，接着又分析了绘画、歌剧和诗歌中所体现的愿望的景象，柏拉图、莱布尼茨、斯宾诺莎和康德哲学中的乌托邦观点，以及激发和平和安逸的一些运动中所隐含的乌托邦主义。最后，在第五部分，布洛赫转向实现时刻愿望的景象，揭示出"身份"是期待意识的基本假设。这里的概述同样引人入胜，因为布洛赫谈到了普通生活中幸福和危险的经验，个体和社群之间的二律背反的问题，年轻的歌德的作品，《堂乔万尼》《浮士德》《堂吉诃德》，莎士比亚的戏剧，音乐中的寓意和强度，针对死亡的求生的景象，以及人类日益自我注入的宗教的神秘内容。①

下面我们会很快再谈布洛赫，但应该已经清楚的是，他的著作提出了某种阐释的问题。对于在不被怀疑之处的乌托邦冲动，即被隐蔽或压抑的乌托邦冲动，布洛赫的解释原则在揭示乌托邦冲动的作用时非常有效。然而，倘若如此，深思熟虑的、具有充分自我意识的乌托邦怎么样呢？是否它们也被当作更深层的、更原始的某种东西的无意识的表达呢？解释过程本身和布洛赫自己的未来哲学又会如何呢？他的未来哲学可能不再需要解码或重新解释？可是乌托邦的解释者本身并不常常是乌托邦的设计者，没有任何乌托邦的计划载有布洛赫的名字。② 这里弗洛伊德所面对的那种相同的阐释悖论会发生作用，在寻求他的梦的解析的先驱时，他最终确定为一个偏僻的土著部落，对这个部落的人来说，所有的梦都有性的意义——除了表示另外某种意思的明显的性爱梦之外。

因此，我们最好假定从莫尔的原始文本中衍生出两种截然不同的情况：一种致力于实现乌托邦计划；另一种是模糊而又无处不在的乌托邦冲动，它以各种隐蔽的表达和实践力求浮现出来。第一种

① Wayne Hudson，*The Marxist Philosophy of Ernst Bloch*，New York：St. Martin's Press，1982，p. 107.
② 莫伊兰提醒我说，布洛赫已经有一个具体的乌托邦，它被称作苏联。

情况是系统的，包括革命的政治实践，它力图建立一种全新的社会，并伴有以文学文类写出的实践。那些自觉地从这种社会秩序脱离的乌托邦也是系统的，也就是所谓的有意图的社群，而且它们还试图以城市本身的美学投射新的空间的总体性。

　　另一种衍生的情况更隐蔽也更多变，仿佛适合于对大量可疑而含混的东西进行变化多样的投入：自由改革和商业幻想，此时此地骗人而又有诱惑的骗局，其中乌托邦对意识形态纯粹是诱惑和钓饵（希望毕竟也是最残酷的游戏和艺术似的促销活动的原则）。不过，也许可以确定一些比较明显的形式，例如政治和社会理论，当它——尤其是当它——力图达到现实主义和避开一切乌托邦的东西之时；还有零散的社会民主和"自由主义"的改革，如果它们完全象征着社会总体的整个变革。正如我们把城市本身看作乌托邦形象的基本形式（同时还有村庄，因为它反映了秩序）①，也许我们应该为个体建筑保留某种地位，把它作为乌托邦投入的一个空间，它的标志性的部分不可能成为整体，然而却试图表达整体。这种例子表明，也许最好是考虑乌托邦冲动以及根据寓意对它的阐释。就此而言，我们暂时想把布洛赫的作品分为三个乌托邦内容不同的层面：身体、时间和集体。

　　然而，上述两种情况之间的区分可能会恢复旧的、多有争议的哲学目的，即对真实的和非真实的区分，甚至在它力图揭示非真实

---

　　①　参见 Claude Lévi-Strauss, Do Dual Organizations Exist?, *Structural Anthropology*: I. Chicago: University of Chicago Press, 1983; Pierre Bourdieu, *Outline of a Theory of Practice*, New York: Cambridge, 1977。

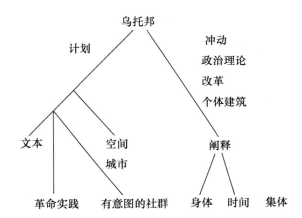

本身的深层真实性的地方也可能如此。难道它不是倾向于恢复古代柏拉图关于真实和虚假的欲望、真实和虚假的快感、真正满足或幸福和虚幻满足或幸福的那种理想主义？而在这种时刻，我们更倾向于首先相信虚幻而不是真实。① 鉴于我倾向于同情最后一种后现代的立场，同时我也希望避免一种用反映或自我意识反对它的非反映对立面的修辞，我想从更具空间性的方面来呈现这种区分。如果这样，真正的乌托邦计划或实现就含有某种对封闭性（以及总体性）的承诺：对于萨德的乌托邦主义，罗兰·巴特的评论一语中的："在这里和其他地方一样，正是封闭性使系统得以存在，就是说，使想象得以存在？"②

但是，这是一个并非不会引起重大后果的前提。诚然，在莫尔

————————

　　① 参见 Gilles Deleuze, Cinéma：Ⅱ，Paris，1985，Chapter Ⅵ，on "lefaux"；Jean-Paul Sartre, *Saint Genet*，New York：Pantheon，1983，on "letoc"，p. 358ff。

　　② Roland Barthes, *Sade*，*Fourier*，*Loyola*，Paris：Farrar，Straus & Giroux，1971，p. 23.

的作品里，封闭性是通过那条壕沟形成的，开创者在岛和大陆之间挖了一条壕沟，因此一开始就可以使它变成乌托邦的：它是一种根本性的后退，并且通过马基雅维利的残酷的外交政策而得到加强，这种政策——行贿、暗杀、雇佣兵和其他形式的"真正的政治"——谴责基督教关于普遍的兄弟关系和自然法则的所有概念，以一种符合卡尔·施密特的专横武断的方式规定他们和我们、敌人和朋友之间的差别，并在某种程度上，体现了后来所有致力于在一个尚未转变成贝拉米的世界国家的社会中生存的乌托邦的特征：就像赫胥黎的"岛"的悲惨命运所表明的那样，或者像斯基纳的"华尔登"社区或吉姆·斯坦利·罗宾逊的火星人的不同情境所表明的那样。①

　　因此，总体性恰恰是这种封闭性和系统的结合，表现的是自治和自足，最终是前面已经提到（并在后面比较详细地论述）的那种他者性或基本差异，甚至外来人的差异的源泉。然而，恰恰是这种总体性的范畴主导着乌托邦实现的形式：乌托邦城市，乌托邦革命，乌托邦公社或村庄，当然还有与更合法的、美学上令人满意的文学文类根本不同的、令人难以接受的乌托邦文本。

　　同样清楚的是，正是总体性的形式和范畴的这种特征，在布洛赫的乌托邦冲动所投入的多种形式中才是真正缺少的东西。这里我们宁可与寓意的过程相联系，在这种过程里，各种乌托邦的形象都渗透到事物和人的日常生活之中，并提供某种逐渐增加而又常常无

---

　　①　我们也许可以加上1649年温斯坦利在英格兰领导的圣乔治山的历史悲剧以及萨特作品《魔鬼与上帝》中葛茨的乌托邦公社的命运。

意识的快感效果，但与它们的功能价值或正式的满足并不相关。因此阐释的过程是一种分为两步的方法，在第一个阶段，经验的碎片暴露出象征性形象的存在——美、整体、活力、完善——只是它们本身随后被确定为本质的乌托邦欲望赖以传递的形式。应该注意的是，在这一点上，布洛赫经常使用经典的美学范畴（这些范畴本身最终也是神学的范畴），并且在某种程度上，他的阐释还可以理解为德国理想主义美学的某种最终形式，因为在 20 世纪后期和现代主义当中它穷尽了自己。布洛赫比卢卡奇具有更丰富多变的趣味，他试图把流行文化和古代文化、现代主义文本和现实主义及新古典主义文本都纳入他的乌托邦美学。布洛赫完全能够吸收后现代的和非欧洲的大众文化趣味，这也就是为什么我提出以一种新的、三部分的方式（身体、时间和集体）将他庞大的概要重新组织，因为这种方式更接近于与当代寓言的不同层面相对应。

在对身体的注意里，唯物主义已经无处不在，它寻求纠正在这个系统里徘徊不去的任何唯心主义或精神主义。但乌托邦的肉体现实也是一种萦绕不去的东西，它甚至笼罩着日常生活中最次要、最不被注意的产品，例如阿司匹林、泻药和除臭剂，人们也会选择器官移植和做整形手术，所有这些都包含着无声的对美化身体的期望。布洛赫对这些补充性的东西的解读——乌托邦过度的表现在我们的一切商品中被仔细地衡量出来，像一条红线贯穿着我们的消费实践，不论是清醒的实用的消费还是疯狂迷恋式的消费——现在又与诺斯洛普·弗莱（Northrop Frye）的布莱克式的神话结合在一起，即永恒的肉体突现在天空。与此同时，伴随这些形象的永恒性的联想

似乎急切地促使我们走向时间的层面，只在那些不可思议地长期生存
的社区里变成真正的乌托邦，就像在萧伯纳的《千岁人》（*Back to
Methuselah*）里那样；或者变成永恒的，就像在约翰·保曼的电影
《萨杜斯》（*Zardoz*，1974）里那样，它们伴随着乌托邦想象的退
化意味深长地提供了反乌托邦的素材：萧伯纳的长寿老人的自杀性
的单调乏味，《萨杜斯》"旋涡"中的居民的性厌倦。与此同时，自
由主义的政治也在政治纲领中吸收了这种特殊冲动的某些部分，提
出加强医药研究和普遍的健康保险，虽然要求永远年轻的愿望在右
翼和富人特权阶层的秘密日程上，在对器官交易和恢复青春的技术
可能性的幻想中可以找到更合适的地方。于是肉体现实的超越也在
空间的领域里发现了多种可能，从日常生活的街道和居住与工作的
房间到更大的城市的所在，就像在古代它反映物质的宇宙本身
那样。

　　但是，在布洛赫作为哲学家的主要关怀里，时间中的身体的生
活已经重新为乌托邦冲动定位，就是说，所有传统的哲学及其独特
的维度对未来都是盲目的，对哲学和意识形态的谴责，如柏拉图的
回忆，坚持地固定于过去，固定于童年和出生地。① 这是一个布洛
赫与存在主义哲学家共有的看法，也许与萨特相比，布洛赫与海德
格尔有更多的共同之处，因为对萨特来说，未来是实践和计划，而
对海德格尔来说，未来是精神的许诺和真实的死亡；这无疑使他与
马尔库塞完全不同，马尔库塞的乌托邦系统不仅明显地吸取了柏拉

---

① 参见 Ernst Bloch，*The Principle of Hope*，Cambridge，Mass.：The MIT
Press，1986，p.18。

图的思想，而且大量吸取了普鲁斯特（和弗洛伊德）的思想，他以此对幸福的记忆和乌托邦满足的轨迹提出一种基本的观点，认为这些记忆和轨迹在堕落了的现在会继续存在，并使它"长期保持"个人和政治的能量。[①]

但应该指出的是，在某些地方对时间性的讨论总是分为两条道路，即存在的经验（其中记忆问题似乎是主要的）和历史的时间，包括它对未来的迫切的质疑。我想说的是，正是在乌托邦当中这两个方面才重新密切地结合在一起，存在的时间才被纳入历史的时间，而自相矛盾的是，历史的时间又是时间的终结，或者说历史的终结。不过，不必根据任何模糊的主体性去考虑这种个人和集体时间的结合，虽然（资产阶级）个体性的丧失肯定是最重要的反乌托邦主题之一。然而，在许多宗教和大量哲学著作里，伦理的非个人化已经成为一种理想；而在科幻小说里，对个体生活的超越已经找到了一种非常不同的再现方式，它的作用常常是重新调整个人的生态，使之适应漫长的历史时间节奏。因此，吉姆·斯坦利·罗宾逊（Kim Stanley Robinson）的火星殖民开拓者延长的生命时间，使他们可以更明显地与漫长的历史进化一致，而在他的另类历史《米和盐的岁月》（*Years of Rice and Salt*）里，复活的方法提供了重新进入历史长河和不断发展的可能。[②] 还有个人和集体时间相互

---

① Herbert Marcuse, *Eros and Civilization*, New York：Beacon Press，1962，p. 18 and chapter 11.

② 吉姆·斯坦利·罗宾逊在《米和盐的岁月》（2002）提供了一部世界编年史，想象出一个与我们当前世界不同的未来。亦可参见我的《单一的现代性》（*A Singular Modernity*，London：Verso，2002，pp. 137–138）。

一致的第三种方式，它存在于真正的日常生活经验之中，按照罗兰·巴特的说法，它是乌托邦再现的典型标志："乌托邦的标志就是每天的生活。"① 在个人经历的时间和历史的力量分开的地方，这种由连续瞬间构成的每天的生活使存在折回到集体的空间，至少在乌托邦里是如此，在乌托邦里，死亡是以一代人和一代人来衡量的，而不是以生物的个人来衡量的。

与此同时，斯塔普尔顿的旅行者以不可确定的爱因斯坦的相对论经历时间，但同样与大量其他个人和他们的瞬间以集体的经验结合在一起，而对此我们还没有现成的语言或修辞范畴。这是一段本身就值得引用的描写，它表明乌托邦冲动的一种时间投入如何走向集体修辞那种最终的形式：

　　千万不要以为这种奇怪的精神社群抹杀了个体探索者的个性。人类没有确切的词语来描述我们奇特的关系。如果说我们已经失去了个性，或者说消融在某种共同的个性之中，那肯定是不真实的，它与说我们一直都是独特的个体一样不真实。虽然代词"我"现在以集体的方式用于指我们所有的人，但代词"我们"同样也用于指我们。一方面，由于意识的一致性，我们确实是单个的正在体验的个人；然而另一方面，我们又以重要而令人愉快的方式彼此迥然不同。虽然只有一个单一的共同的"我"，但也可以说，同时有一个多重的、多样化的"我们"，或者许多已经看到的非常不同的个人，而且每一个都创

①　Roland Barthes，*Sade*，*Fourier*，*Loyola*，op. cit.，p. 23.

造性地表达他自己对宇宙探索这一整体事业的独特贡献，虽然所有的人在微妙的个人关系结构中密切地联系在一起。①

在这一点上，乌托邦冲动的表达已经尽可能地接近了现实的表面，而没有转入某种有意识的乌托邦构想，也没有进入另一种我们所说的乌托邦计划和乌托邦实现的发展的轨道。乌托邦投入的早期阶段仍然被封锁在个人经验的范围之内，但这也不是说集体的范畴是无限的——我们已经暗示过它在结构上对封闭性的需要，后面我们还会讨论这个问题。

不过，眼下它足以使人看到，由于缺少任何有意识的乌托邦政治，集体也有许多否定的表现，但其危险明显与个人自我中心主义和特权的危险不同。毫无疑问，两者的特点都是自恋：但恰恰是集体的自恋在各种排外或种族主义的群体实践中直接得到确认，正如我在其他地方试图解释的那样，所有这些实践都有它们的乌托邦冲动。② 布洛赫的阐释的目的不是为这些变形的乌托邦冲动辩解，而是在进行一种政治赌博，他认为它们的能量在揭示过程中可以被加以挪用，并通过意识以一种类似弗洛伊德疗法的方式（或拉康重构欲望的方式）释放出来。这很可能是一种危险的和误导的希望；但我们可以把它放下，回到有意识的乌托邦建构的过程。

因此，乌托邦寓言的不同层面，或乌托邦冲动投入的不同层

---

① Olaf Stapledon, *The Last and the First Men/Star Maker*, New York: Dover Publications, 1968, p. 343.

② 参见《政治无意识》（*The Political Unconscious*, Ithaca: Cornell University Press, 1981) 的结论，以及我的评论文章: On "Cultural Studies", *Social Text*, Durham: Duke University Press, 1993 (34), pp. 17-52。

面，可以像下面这样表示。

集体（神秘解释）

时间性（道德精神）

身体（比喻）

乌托邦投入（文本）

# 什么是辩证法 *

  不用说，这个有些自负的标题指的是一种设想，而不是一个充分展开的理论；它必然是一个范围广阔的设想，但实际上又是一些非常朴实的建议。你们会问，人们已经厌倦了恩格斯作品中那些非常熟悉的章节，厌倦了在他之后对马克思主义介绍中的那些相关的论述，为什么我们还需要对辩证法再做说明？这是一个很好的问题，我想以两种不同的方式来回答。首先，我自己的立场与观点（或感觉或意识形态）是，辩证法与马克思主义是不可分割的，就像马克思主义与社会主义不可分开一样。因此，如果我们仍然需要（这种或那种）社会主义，我们最终必须使辩证法摆脱被遗忘的状态。其次，我们还必须承认这样的事实：对辩证法的攻击最终也

  * 曾发表于《西北师大学报》2005 年第 5 期，作者即詹姆逊，译者为王逢振。——译者注

是对社会主义的攻击，因此必须对这些攻击进行回答和反驳。但我也会谈到其他的东西，即这个时代冷嘲热讽的理由，它的悲观主义，它的失败的经验，它相信未来太不理想而不能细想，我们最好生活在现在而不必去想它——这种一般化的时代精神需要辩证法，在我们当前的境遇里，辩证法是希望和修复的信息，就像其他人认为它已经成为失败的信息一样。辩证法总是指责时代精神：它是一种对抗和矛盾的动能，它总是具有对抗和颠覆时代精神的倾向。就此而言，对我们来说它是乌托邦的，可以说它是以世俗的、唯物主义的方式，重新肯定保罗·克劳代尔（Paul Claudel）一个剧本所附的绝妙箴言，即"最坏的事情并非总是不可避免的"，最低点或最消沉的时刻也是伟大辩证的扭转的时刻，在这种转折的时刻，失败再次变成希望，丧失权力变成新的可能的源泉。很少有其他哲学能够提供这种重新肯定，而这种重新肯定是一个不容忽视的策略。

但是，辩证法究竟是不是一种哲学呢？在当前这个时期，从神学到硬科学，系统哲学本身已经被彻底清除，因此这是一个一开始我们就必须谈的问题。实际上，从尼采到维特根斯坦，从实证主义到实用主义，从结构主义到现象学，从精神分析到分析哲学，所有伟大的现代或当代哲学都是这种情况，不论它们有多么明显和巨大的差异；就是说，它们都是反哲学的：它们以多种不同的策略，反驳任何以某种方式自足或自治的概念，否认生活或世界的意义可以构成（或发现）某种连贯的看法。如果以这种方式限定形而上学——相信世界和自然的意义以及人性的意义等问题可以肯定地或者从实质上加以回答——那么所有现代哲学都是反哲学的，唯一可能的例外是柏格森，而关于黑格尔本人实际上也令人生疑，但他可以说是最后一个真正的哲学家，也可以说他最先对哲学本身进行了理论批判。

不过，这正是我们的问题最初出现的地方，因为它坚持追问辩证法尤其是马克思主义辩证法是不是一种哲学，如果回答是肯定的，就把它抛进那种庄严的、此后成为哲学本身历史的垃圾堆。实际上，在共产主义传统里，已经出现了一种非常有说服力的答案，我们也需要从一开始就注意这种答案。这种答案与历史唯物主义和辩证唯物主义之间的区分紧密联系，其情况是这样的：历史唯物主义不是一种哲学，而是一种方法（对卢卡奇而言）或一种历史主义（对卡尔·考茨基而言）——它是根据历史境遇对某些观念的唯物主义的批判，而不是本身就是一些新的观念。但是，辩证唯物主义本身是（或曾经是）一种哲学，至少想成为一种哲学。它是恩格斯而不是马克思的发明，因此恩格斯可以说是作为一种系统哲学的马克思主义的创始人，而正是这种系统哲学被斯大林接受并加以阐述，作为他的新国家的一种基本的世界观或官方哲学。这种辩证唯物主义的系统哲学的特点通过两种著名的信念表现出来：首先，自然本身是辩证的，因此辩证法被应用于对科学的指导；其次，知识和美学要以现实主义的方式理解为对世界的反映。其中，第二种信念隐含着一种整体心理和整体人性的概念，其后果是相应地拒绝和排除心理分析，同时也排斥黑格尔本人更辩证的特征。因此西方马克思主义对所有这些称为辩证唯物主义的基本哲学立场进行了无情的批判，而其使命是消除并取代它们。

　　但是，对此我们必须采取辩证的态度：如果西方马克思主义的使命是批判和否定辩证唯物主义，那么一旦辩证唯物主义消失，这种使命还有什么可言？还需要西方马克思主义所体现的这种批判吗？是否在其自身内部掩盖着另一种更积极的系统的特征——我们可以以适合这个时代（全球化和第三或后期阶段资本主义时代）的某种新的马克思主义哲学的形式脱离这个系统？或者，这种新的马克思主义世界观并不会与西方马克思主义的否定和批判理论断裂？如果辩证唯物主义是现实主义的，而西方马克思主义是现代主义的，那么是否可以有一种后现代形式的马克思主义，或者如法国哲学家勒菲弗尔（Henri Lefebvre）所说，是空间的而不是时间的马克思主义？这些并不是我真正想在这里回答的问题，因为它们由于辩证法本身的问题而变得非常复杂，但至少可以想象的是，要达成某种后现代马克思主义，只能以放弃辩证法为代价，并以某种有待于认真思考的方式变成非辩证的，或许辩证法因其与辩证唯物主义的联系而必须做出妥协。（因此，甚至历史唯物主义以其作为西方马克思主义的现代形式，也带有许多反辩证的成分，它本身就包含着根深蒂固的反辩证法的偏见。）

　　我们要论述当前辩证法的批判，只能认真对待这些复杂的情况，其实它们本身就是哲学的，而且并不一定包含着对马克思主义的批判。吉尔·德勒兹（Gilles Louis Réné Deleuze）是最能说明辩证法问题的批评家之一，他也是反辩证的、斯宾诺莎式的一元论的支持者之一（但也不可避免地呈现出各种对立和二元论），因此这里我们从一开始就要谈论这个伟大的人物。他的著作无疑是对黑格尔的批判，但不是对马克思的批判，不过，因为他每一步都把黑格尔与他援引斯宾诺莎反对的那种辩证法相联系，我们也必须以一种不同的方式来阐述我们的问题，就是说，马克思主义本身是否不可与黑格尔分开，是否辩证法总是因某种方式是黑格尔的（也许伴随着相关的问题，如辩证法和各种二元论之间的关系问题）？

遗憾的是，在这里我不可能进一步论述马克思主义的哲学问题，但我想提出另一个相关的问题，并对它做些深入的思考。这个问题是，辩证法是不是一种叙事（且不说是"宏大的叙事"）？按照保罗·利科在他的《时间与叙述》里的思路，我会假定对叙事性的最充分的分析仍然是亚里士多德《诗学》里的那种分析，因此我所提出的思想实验，将力图把亚里士多德的叙事范畴用于辩证法。这里有三个这样的范畴：颠倒、认知、痛苦。

按照亚里士多德的看法，颠倒表示一种命运的变化，它可以通过从幸福到不幸的转变重新加以表达：颠倒的这种运动（有些颠倒是从不幸到幸福）——关于这种观念设想的一种逻辑上的可能性——在残存的、主要论述悲剧的《诗学》片段中并没有特别的论述，但在生殖崇拜的喜剧中（年轻的一代胜过年老的一代），在畅销书当中（包括它被贬低的成功和财富的幻想），或者在我于别的地方称为有远见的叙事中，都可以找到很好的例证。然而，这种描述必须结合封闭性和重要性（"值得认真注意"）的需要来考虑，而最后这点基本上通过阶级来限定，以此区分高贵的悲剧行动者和在我们之下的那些人（把亚里士多德和诺斯罗普·弗莱发明的二次限定结合起来）——他们拥有可以失去的财富和高位。因此，幸福在这里与阶级地位的巨大财富相结合，而封闭性表示悲剧性的衰落，从最初不重要的颠倒的标志转到它明显变成确定的、不可逆转的时刻。死亡只是这种不可逆转性的赤裸裸的外在标志，就像战争和战斗在集体叙事中那样。

　　不过，后者提出了它们构成的行动者的问题，也就是要加以叙述的那些完成行动的主体，利科把他们称为"准人物"——事先排除了最有意义的理论问题的一种描述。如果历史已经被写出来，那么通过符号学的方式可以对它进行质疑，而其叙事构成所围绕的行动者便可以被分辨并分离开来。于是，诸如透视之类的技巧很可能具有绘画史里的行动者的功能，而像福柯所阐释的那种戒律的现象则可能是某种准教育小说的主人公，包括其前辈和在世界舞台上的成熟时刻。如果文本只是一项计划，那么只有历史学家的世界观及其意识形态才会支配选择的可能性，才会决定叙事构成的水平。但是，关于布罗代尔的讨论使我们想到，这种叙事结构可能是含混的，它呈现出多种不同阅读的可能，就是说，多种不同的叙事，它们有不同的主人公和变化的侧重点，从一种命运（地中海人的命运）到另一种命运（菲利普二世以及他的个人计划和命运）的侧重点会发生变化。我们甚至可以违拗地提供这种叙事，叠加一种压倒官方胜利者成功故事的悲剧叙事。然而，在所有这些情况里，我们似乎需要对历史叙事中的基本主体表现出某种同情（正是这一点使古老的亚里士多德的怜悯和担心保留下来）：即使以最不偏不倚的方式，我们也必须接受这种设想，唯有如此，才能使我们的理解和期待对它的成功或失败、幸福或不幸的后果产生影响。这也许是亚里士多德坚持行动或情节比人物更重要的另一个原因。我们可以更容易地欣赏这种设想，观察它成功的完成过程或它出人意料地消除兴趣和注意，而对一个胜利的主人公的同情就不那么容易，因为一切事物都会使我们对他产生蔑视或厌恶。

在应该是客观编年史的工作里，对于这种残存的拟人的偏见有什么可以证实呢？是否我们要从心理方面来考虑同情的需要？在那种情况下，它很可能是从一种幼儿的冲动升华为尼采所谴责的那些伦理哲学。弗洛伊德本人认为，对于他所称的自我中心的幻想，其他人物明显分为好的和坏的，无视在实际生活中观察到的人物的多样性。"好的"人物是帮助者，"坏的"人物是敌人和对手，而自我则成为故事中的英雄。不论在哪种情况里，启蒙的目标都是消除这种幼儿自我中心主义的痕迹，达到一个客观的和禁欲的阶段，在这个阶段，不再有坏人和英雄，我们以中立的姿态注意叙事的展开，并会客观地评估它的力量和后果。

实际上，这正是列维-斯特劳斯对历史本身的否定，这不仅是因为它包含着对各种不同时间框架的合并——从具体时间到时代，从年到时期，全都纳入日历范畴（关于这一点我们已经看到，恰恰是这种异质性才使历史能够作为一种多样性的联合），而且主要是因为轴心事件（在他与萨特的争论里，这种事件是法国大革命）必然预设的偏见，支配着我们的历史同情，把历史塑造的人物分为英雄和坏人。但是，列维-斯特劳斯问道，在被最初的时间作用简化之前，对于已经发生的事件我们能做些什么呢？对于教会的牧师这是"高贵的异教徒"的问题，对于卢卡奇这是 1848 年和《共产党宣言》之前的作者的问题。这个问题现在因复杂的、不可思议的福隆德运动（1642）而被逼到了始源，在这次运动中，由于在基本对抗中彼此相对，我们发现了伟大的贵族、宫廷、巴黎人、摄政王、国王路易十四、马扎然等。在这次混乱的运动里，历史的动力在何处？如果所谓的巴黎人被认为是贵族、律师、店主和他们的学徒，与无产阶级或被压迫蹂躏的大众相去甚远，那么在这种情况下我们应站在谁的一边？列维-斯特劳斯甚至没有提到人类学家的那种更直接的参考，即古代巴西各部落之间的战争，当时如果决定哪个部落更富裕强大然后站在受害者一边，无疑是一种愚蠢的想法。实际上，受害者认同基本上是 21 世纪公民的一种当代倾向，他们在种族灭绝和族裔压迫中得到了教训。但这仍然是一种意识形态的选择，就此而言，它证明了一种意识形态观点的历史叙事和结构预设是不可分割的，而全知的或客观的叙述者仍然在暗中受到束缚。

马克思和恩格斯曾经肯定地说，一切历史都是阶级斗争的历史。这在现在已经成为一种特殊的概括。因为就这个术语的意思而言，阶级只出现在现代资本主义社会，并表现为工人和工厂主之间的二分法形式。阶级划分的看法（例如小资产阶级）是两种基本阶级的社会关系的作用，主要用于意识形态的分析。至于农民和地主，他们当然一直生存到资本主义出现后的第一个世纪，直到他们转变成农场工人和农业资本家。他们被称为种姓阶级，以一种不同的封建主义的方式发生作用。这种情况就像奴隶的范畴不能纳入工资工人的范畴一样，因为只有工资工人才构成产业无产阶级。遥远的部落社会里的打猎者和采摘者，谁在自愿地维护那种村里的长辈应该统治年轻人和妇女的观念？我们是否仍然把他们与阶级斗争相联系？

当然，我们可以理解马克思和恩格斯为什么要这么说，为什么要突出剥削和生产过程的关系。"历史的梦魇"（乔伊斯）无疑是一种令人眩晕的暴力和残酷的积累，但只以这种方式考虑等于是鼓励一种痛苦的伦理，如果我们把这种历史观的客体从自然转移到社会结构，只能是增加那种精神痛苦；同时，阶级的概念包含着权力不公正，但没有从本质上考虑对权力的渴望。于是，这个著名的口号使我们的注意力转向人类过去的剥削制度，同时又力图解开伦理和人道主义偏见的秘密——这种偏见不仅无视那些制度，而且倾向于掩盖它们。

但是，对于这种有关马克思和恩格斯的夸张的修辞，我们当前的语境提供了一种不同的理由：这就是把人类历史漫无止境的平衡叙事化，把它以一种旨在鼓励选择立场的方式展现出来，尽管列维-斯特劳斯对其选择表示哀叹。不过我们在这里必须小心行事，必须考虑叙事立场中并非总是呈现明显的复杂性。实际上，这并不是一个确定"观点"的问题，即从某种观点观察和评价这些不同的前历史。就是说，甚至受到许多批评的"历史的主体"的概念在这里也不是真正隐蔽的，更不用说卢卡奇的"党派偏见"的概念。萨特的介入或责任的概念也许更接近一些。但所有这些概念，从叙事观点的概念开始，都反映了那些本质上是现代的或后笛卡尔时代的个人主体的范畴。在叙事本身的历史里，按照本维尼斯特（Emile Benveniste）的看法，我们可以断言首先出现的是第三人称，它先于第一人称的叙事：后者以间接引语的方式自由地返回到前者，从而以主观获取的"我的叙事"丰富前者。但是，亚里士多德的诗学远没有将某种观点具体化，一方面是由于它从戏剧的集体接受方面进行理论阐述，另一方面是因为它与利科所说的古老的神话思想相联系，在这种情况里，支配的力量不是个体的人，而神的观点只能部分地、有限地实现拟人化。这是返回效果的质量——幸福或不幸——的时刻，亚里士多德谨慎地把这种效果的质量投入他对完整情节的描述。对前个人主义的接受来说，这些关于幸福特征的描述，并不一定隐含着现代个人主体的存在，不论作为观察者还是作为主人公都是如此。这里幸福或痛苦是世界自由流动的状态，就外部界限而言，可以体现为好运气或坏运气，或后来的财富或以后的机遇。甚至海德格尔关于情绪的概念也可能过于主观而无法表示世界的这种状态：时而不祥地黑暗，时而阳光明媚。道家关于世界和谐与世界不平衡的看法也许更令人满意。

然而，这肯定像是一个前个人主义或后个人主义概念的范围，这个范围更适合思考大量人类历史的过去，因为任何证据和绝对精神都不能包括它们。斯宾诺莎的实质而不是黑格尔的主体，已经成为普遍去中心的一种后当代哲学共识的偏见，但在长期想象走向乌托邦或毁灭的过程中，它必然留出余地使人们理解持续不断的真正的痛苦以及充满生气和创造性的时刻。

不过，我们并没有穷尽马克思主义提出的历史叙事化的复杂性（在自由市场的历史终结中它再次消失，其中残存下来的只有最基本的摩尼教的故事：我们是神，他者是魔鬼）。因为现在，作为一种新的、原创性的思维方式，辩证所告诫的是把好运气和坏运气合并，把历史境遇同时理解为幸福和不幸。《共产党宣言》提出，资本主义既是最富生产性的也是最具破坏性的历史阶段，必须同时考虑它的好的一面和坏的一面，它们是不可分割的、无法摆脱的同一时间存在的两个方面。这是比许多读者归于尼采的那种冷嘲热讽和不讲法律的一种更有效的超越好和坏的方式。

现在，我们可以以一种新的方式回到突发的事件，把它从幸福到不幸转换的编码解读为"完整情节"的内在的力量，而正是这种内在的力量的成功构成了它的失败。实际上，自马克思本人开始，在《政治经济学批判大纲》里，我们可以看到一种独特的情节结构，在这种结构里，某个特定公司的发展——使它的产品占据市场——最终会导致它作为一个商业企业的停滞，并最终走向破产。胜利者失败（也许失败者胜利），这是萨特对这种独特的辩证情节的看法，在这种情节里，旧的关于兴旺和衰败或者繁荣和破产的资产阶级意识形态范畴，已经变得不可辨认。在这种新的叙事节奏和黑格尔时期的辩证情节——著名的理性或历史的诡辩——之间，无疑也存在着某种关系，其中叙事的逻辑从个体转变成个体，却并不知道的集体的力量。

我希望现在更清楚的是，我们为什么可以使亚里士多德的突发事件的叙事学范畴适用于现代唯物主义的编史工作，并以这种方式打开历史和小说共有的叙事结构的新的视角。我们需要从这种视角重新审视另外两种平行的范畴——发现（或认知）和悲伤（或痛苦）。在明确限定的意义上，认知使人想到 19 世纪情节剧里的报复，在这种情节剧里，辨认长期消失的兄弟姐妹或儿女变成了流行的封闭叙事的形式。至于亚里士多德，吉拉德·艾尔斯（Gerald Ayers）提出，他对发现的理论阐述，与古希腊的氏族构成和政治上对大家族的重视密切相关，因此认知在主要人物冲突中是分清"我们"和"他们"的基本组成部分。但是，从现代辩证的和唯物主义的观点出发，这在历史上似乎是一个完整性或总体性的问题。因此，认知意味着发现大量被官方故事和视域排除的其他人。

　　所以，当回到我们前面对社会阶级的讨论时，利维的《罗马史》常常被看作阶级斗争的原型，而从中产生的社会和政治范畴，仍然经常出现于从马基雅维利和法国革命家以降的现代政治理论中。实际上，对于利维的前五本书的读者来说，最令他们厌倦的是不断回到元老院和人民之间的斗争，回到显赫富有的贵族家庭和"平民"或普通人之间的斗争——这种斗争在莎士比亚的《科里奥兰纳斯》里得到最生动的戏剧性体现。这种历史是战争之间、罗马和它的拉丁及伊特拉斯坎邻居之间，以及两个阶级不停的内部斗争之间的一种循环：

　　　　"和平之后紧接着又是政治争吵，一如既往，护民官利用他们旧的土地改革进行煽动，直到平民们完全失去控制。"

　　　　"在这些事件的过程中，历史一再重复，战争胜利结束之后又出现了政治动荡。"

　　　　"战斗尚未过去，元老派不得不面临又一次战斗——这次是反对护民官，护民官指责他们狡猾的做法，把军队留在战场，故意不让法律通过……"

"护民官的敌视和平民们对贵族的反抗斗争再次高涨……"，"同时，在罗马，只要国家不进行战争，民众运动的领袖便不断对他们政治进步的前景感到失望，于是开始在护民官家里安排一些秘密会议，讨论他们的计划"。"与这种比人们担心的情况更容易解决的斗争相对照，国内短期的政治平静因许多激烈的争辩而被打破……"，"这两年国外一直处于和平状态，但国内的政治却因旧的土地改革斗争而更加激烈"。"同时，在罗马，反政府的鼓动进一步强化……争吵引发了丑恶的场景……唯一阻止民众实施暴力的是元老院主要成员的行为……"

诚然，正是阶级冲突的这种长期性，促使马基雅维利写出了政治理论的基本著作，而且也正是阶级冲突，支配着我们后来对罗马历史的看法，其结果是革命失败（格拉古的革命）、帝国主义（消灭迦太基）和平民主义专制者最终的胜利（尤利乌斯·恺撒）。所有这些范畴我们都已经根据资本主义的经验投射回古代。

但事实上，这种解读依据的是一种错误的范畴，对它的纠正会使我们重新评价在唯物主义历史里"发现"的主要作用。在杰弗里·德·圣克鲁瓦（G. E. M. de Ste. Croix）的著作《古希腊世界的阶级斗争》里，这种作用通过有力的证据得到了绝好的再现（在这本书里，罗马被视为希腊城邦的一个更加发展富裕的国家）。圣克鲁瓦不断地指出，我们一直按照无产阶级角色塑造的平民或普通人，事实上是自由人，在这种社会制度里他们绝不是剩余价值的生产者。古代的生产方式很可能把城邦作为它的要素或最初真正的政治社会（以此回避民主一词，民主在词源上具有非常不同的意思），但它也是一个奴隶社会，它的财富在结构上绝对依赖于在法律上非自由人的劳动（工资劳动和商业在结构上微不足道）。圣克鲁瓦认为，在古代经济和现代世界经济之间，唯一最重要的组织上的区别是古代的有产阶级主要从非自由的劳动中获取它的剩余价值。圣克鲁瓦对这一问题的异常丰富的记载，使人毫不怀疑在古代社会里奴隶制是主要形式，也不怀疑伴随它的意识形态和种种观念。实际上，古代社会在其兴盛时期的辉煌，如果没有奴隶制机制带来的闲适是不可想象的。当时，希腊有产阶级的构成，基本上是那些能够通过支配他人劳动而自由地过着文明生活的人，劳动者承受着为他们提供优越生活的必需品（和奢侈品）的负担。在希腊社会里，在不同的自由人群体之间我们可以划出的唯一重要的分界线，是把普通人群体与我称为"有产阶级"的那些人分开，有产阶级可以"过自己的生活"，无须花任何时间为其他人的生活工作。于是，斯巴达克斯的反抗慢慢地开始打破这个社会自由（男人）成员中的平静，而历史变成了奴隶无休止地艰辛劳动的梦魇。

　　当然，在方法上或理论上，我们可能倾向于恢复对阶级性质的争论，其实也就是奴隶是否可以被理解为构成一个阶级。（非常清楚，他们不是一个种姓等级，而圣克鲁瓦所称的农奴的出现进一步把这一问题的社会科学的讨论复杂化了。）但是，我们的叙事透视的优势在于以一种不同的方式切入这些问题（其价值在于要求不断增加思考和记载）。在元老院和平民之间斗争的背后，突然出现了一个新的集体人物——由于两边事实上都是奴隶主的那些人的喧闹与争吵占据了突出的地位，这个新的人物完全被剥夺了声音和表达，事实上几乎是看不见的——这种最终的历史主体的出现，承载着所有人类生产和价值的重压，当然也构成历史发现和认知的有力的形式。在理论意义上，这无疑是一种行动性的揭示，同时也剥去了掩盖意识形态的外衣，使人惊讶地看到历史的真实。

按照这种精神，我们确实可以重新解读马克思反对唯心主义的一次熟悉的争论：

> 德国哲学从天国降到人间；和它完全相反，这里我们是从人间升到天国。这就是说，我们不是从人们所说的、所设想的、所想象的东西出发，也不是从口头说的、思考出来的、设想出来的、想象出来的人出发，去理解有血有肉的人。我们的出发点是从事实际活动的人，而且从他们的现实生活过程中还可以描绘出这一生活过程在意识形态上的反射和反响的发展。①

众所周知，对于社会生活范畴和学科这些"半自治"的领域如何与社会总体分开并以唯心主义的方式构成，马克思继续进行了批判："因此，道德、宗教、形而上学和其他意识形态，以及与它们相适应的意识形式便不再保留独立性的外观了。它们没有历史，没有发展，而发展着自己的物质生产和物质交往的人们，在改变自己的这个现实的同时也改变着自己的思维和思维的产物。"② 诚然，

---

① 《马克思恩格斯文集》第 1 卷，北京：人民出版社，2009，第 525 页。
② 同上。

这有点像是一种编史工作的宣言，或者说首先是一种关于思想观念的新的唯物主义历史的计划。但是，如果把这个文本读作我们可能归于它的各种意识形态的实例，那将是错误的，例如作为人文主义，作为对基础和上层建筑区分的一种辩护，作为"对总体性的渴望"，或者作为在很大程度上支配着后来激进的、马克思主义争论的那种具体修辞的实例，等等。这些意识形态立场中的任何一种立场可能对它都有吸引力，但我们这里可以把它读作是对发现过程的描述。在这种发现过程中，对这种或那种历史叙事的一切局部的或替代性的再现，都会展现人类历史最终的集体现实，而这种集体现实无疑只能通过揭示发现过程来说明，它本身不可能直接被揭示出来。

　　从这种情节范畴，我们可以直接转到第三个也是最后一个与之密切相关的亚里士多德的范畴，即悲伤和痛苦的景象：因为这种景象与在历史上所有生产方式中长期存在的劳动和不可改变的集体性是一致的。这是真正的历史的梦魇，也是那种在我们存在的根本上的阶级罪恶的最终根源。它表明，当代对于暴力和折磨、对于种族灭绝和权力不公的偏见，乃是源于这种透视的景象，不论它们激起多么强烈的恐怖，这种景象也只能使我们转移对强迫劳动和剥削等更基本的恐怖的注意，而强迫劳动和剥削，甚至在和平幸福的时期，也总是人类历史的基础。正如我们说过的，其他叙事形式也是可能的。例如，如果能以天意或拯救的方式回到历史叙事的概念，可能会令人感到满意。但是，我们的历史必然以悲哀终结，不是因为死亡和人生有限，而是因为它与阶级和剥削、与其他人的被迫劳动不可避免地联系在一起。

**图书在版编目（CIP）数据**

雷蒙德·钱德勒：对总体性的探索/（美）弗雷德里克·詹姆逊（Fredric Jameson）著；王逢振译. --北京：中国人民大学出版社，2022.8

书名原文：Raymond Chandler：The Detections of Totality

ISBN 978-7-300-30905-7

Ⅰ.①雷… Ⅱ.①弗…②王… Ⅲ.①钱德勒（Chandler，Raymond Thornton 1888—1959）-小说研究 Ⅳ.①I712.074

中国版本图书馆 CIP 数据核字（2022）第 156959 号

**雷蒙德·钱德勒：对总体性的探索**

［美］弗雷德里克·詹姆逊（Fredric Jameson） 著
王逢振 译
Leimengde · Qiandele：Dui Zongtixing De Tansuo

| | | |
|---|---|---|
| **出版发行** | 中国人民大学出版社 | |
| **社　　址** | 北京中关村大街 31 号 | **邮政编码** 100080 |
| **电　　话** | 010 - 62511242（总编室） | 010 - 62511770（质管部） |
| | 010 - 82501766（邮购部） | 010 - 62514148（门市部） |
| | 010 - 62515195（发行公司） | 010 - 62515275（盗版举报） |
| **网　　址** | http://www.crup.com.cn | |
| **经　　销** | 新华书店 | |
| **印　　刷** | 涿州市星河印刷有限公司 | |
| **规　　格** | 148 mm×210 mm　32 开本 | **版　次** 2022 年 8 月第 1 版 |
| **印　　张** | 5.375 插页 4 | **印　次** 2022 年 8 月第 1 次印刷 |
| **字　　数** | 161 000 | **定　价** 38.00 元 |